CW01659015

L'Intervention

suivie de

La Grand'Mère

ÉTONNANTS • CLASSIQUES

HUGO

L'Intervention

suivie de

La Grand'Mère

Présentation, notes et dossier
par Claire Joubaire,
professeur de lettres

842
HUG

INSTITUT FRANCAIS DU ROYAUME UNI MEDIATHEQUE
WITHDRAWN

GF Flammarion

Du même auteur dans la même collection

Claude Gueux
Le Dernier Jour d'un condamné
Les Misérables
Le roi s'amuse
Notre-Dame de Paris
Quatrevingt-treize
Ruy Blas

© Éditions Flammarion, 2011.
ISBN : 978-2-0812-4967-7
ISSN : 1269-8822

SOMMAIRE

© Maisons de Victor Hugo / Roger-Viollet

■ Caricature de Victor Hugo dessinée en 1841 par Benjamin Roubaud et issue du *Panthéon charivarique* qui rassemble des caricatures de personnalités parues dans le journal d'opposition *Le Charivari*.

PRÉSENTATION

Qui est Victor Hugo ?

Né en 1802 et mort en 1885, Victor Hugo a traversé presque tout le XIXe siècle. En tant qu'écrivain, il s'essaya dans les genres littéraires les plus divers ; il connut un succès exceptionnel auprès du lectorat populaire et obtint la reconnaissance de ses pairs. L'homme de lettres prit également part à la vie politique française en défendant avec passion ses convictions, dans son œuvre littéraire comme dans ses prises de position contre le pouvoir en place. Cet engagement lui valut d'être élu député à plusieurs reprises, mais aussi d'être condamné à l'exil pendant près de vingt ans par le gouvernement dont il contestait la légitimité.

Les débuts (1802-1830)

Victor Hugo naît à Paris le « 7 ventôse de l'an X », selon le calendrier mis en place à la Révolution française, c'est-à-dire le 26 février 1802. La Révolution est encore proche, et le XIXe siècle commence à peine.

Né de l'union d'un général d'Empire qui, pendant la Révolution, s'était illustré comme sans-culotte, avec le surnom Brutus, et d'une mère royaliste, il grandit à Paris, où il reçoit une éducation classique dans des institutions catholiques puis au lycée Louis-le-Grand. S'il affirme avoir écrit ses premières œuvres dès l'âge de dix ans, ce n'est qu'après être entré à l'université, pour effectuer des études de droit, qu'il remporte ses premiers prix littéraires et se met à fréquenter les cercles des hommes de lettres parisiens.

Dans les années 1820, la renommée d'Hugo s'accroît, et, dès 1823, il parvient à vivre de son art : le roi Louis XVIII lui alloue une pension[1] à la suite de la parution de son premier roman *Han d'Islande*. En 1824, Charles X monte sur le trône : invité au sacre, Victor Hugo compose une ode en l'honneur du souverain, qui lui attire les bonnes grâces de ce dernier. Nommé chevalier de la Légion d'honneur – il n'a que vingt-trois ans ! –, il mène une vie plus confortable, en compagnie de sa femme et de leur petite fille, Léopoldine. Sa carrière littéraire prend encore de l'ampleur lorsqu'il devient le chef de file du romantisme, un mouvement littéraire qu'il défend avec passion dans la préface de sa pièce *Cromwell* en 1827. Le jeune dramaturge y revendique une conception nouvelle de la littérature, émancipée des règles jugées trop rigides du classicisme, qui prévalent depuis le XVIIe siècle. Refusant de se spécialiser dans un genre littéraire, il publie peu après un recueil de poèmes (*Les Orientales*, 1929), ainsi qu'un roman, véritable plaidoyer[2] contre la peine de mort (*Le Dernier Jour d'un condamné*, 1929).

La gloire (1830-1851)

Néanmoins, c'est le théâtre qui lui apporte la consécration, en 1830, avec la représentation de son drame romantique *Hernani*. Dans cette pièce, suivant les convictions qu'il a exposées dans sa préface de *Cromwell*, Hugo refuse de se confor-

---

1. ***Pension*** : somme versée périodiquement.
2. ***Plaidoyer*** : discours qui prend la défense d'une personne ou d'une idée.

mer aux règles traditionnelles de l'écriture théâtrale et rompt notamment avec les unités de lieu et de temps[1], ce qui a pour effet de diviser les spectateurs comme les critiques. Mais le scandale profite à la pièce, et Victor Hugo connaît la célébrité. Dès lors, il occupe le devant de la scène littéraire, et chacune de ses œuvres est attendue et lue avec attention. Pendant vingt ans, le plus souvent avec succès, il alterne les romans (*Notre-Dame de Paris*, 1831 ; *Claude Gueux*, 1834), les recueils de poèmes (*Les Feuilles d'automne*, 1831 ; *Les Chants du crépuscule*, 1835 ; *Les Voix intérieures*, 1837 ; *Les Rayons et les Ombres*, 1840), et de nombreuses pièces de théâtre (*Marion de Lorme*, 1831 ; *Le roi s'amuse*, 1832 ; *Lucrèce Borgia* et *Marie Tudor*, 1833 ; *Angelo, tyran de Padoue*, 1835 ; *Ruy Blas*, 1838 ; *Les Burgraves*, 1843).

Le théâtre est à cette époque le genre le plus gratifiant pour les hommes de lettres, non seulement parce qu'il est le plus rémunérateur, mais aussi parce qu'il permet de toucher le plus large public. Aussi Victor Hugo accorde-t-il une importance particulière à ses pièces, auxquelles il assigne un rôle essentiel, comme il le souligne dans la préface de *Lucrèce Borgia* : « l'auteur de ce drame sait combien c'est une grande et sérieuse chose que le théâtre. Il sait que le drame, sans sortir des limites impartiales de l'art, a une mission nationale, une mission sociale, une mission humaine. [...] Il ne faut pas que la foule sorte du théâtre sans emporter quelque moralité austère et profonde ».

Si les pièces de Victor Hugo ne sont pas toutes couronnées de succès, son talent est reconnu par les institutions : en 1841, il est élu à l'Académie française. Cependant, sa production littéraire diminue à partir de 1843, après la mort de sa fille Léopoldine, qui se noie dans la Seine alors qu'elle vient

1. ***Unités de lieu et de temps*** : règles du théâtre classique imposant, pour la première, que l'action représentée se situe en un seul endroit, et pour la seconde que l'intrigue se déroule sur une seule journée.

tout juste de se marier. Il poursuit son œuvre littéraire mais ne publie plus, et ses apparitions publiques sont majoritairement liées à des prises de position politiques.

La France connaît en effet une période mouvementée. En homme de conviction, Victor Hugo utilise sa célébrité pour faire entendre sa voix. En 1830, quelques mois après la première représentation d'*Hernani*, lorsque la révolution de Juillet[1] permet à Louis-Philippe de monter sur le trône pour remplacer Charles X et rénover la monarchie, Victor Hugo apporte son soutien au nouveau souverain. Mais, à peine deux ans plus tard, l'écrivain n'hésite pas à s'opposer au gouvernement pour défendre ses idées : alors que le pouvoir prétend contrôler la production littéraire et la presse – il a rétabli dans ce but la censure que la révolution de 1830 avait abolie –, Hugo revendique une totale liberté dans l'exercice de son art. Ainsi, en 1832, quand sa pièce *Le roi s'amuse*, qui met en scène un souverain sans scrupules, est interdite sous prétexte qu'elle trouble l'ordre public, il intente un procès au Théâtre-Français, où elle devait être représentée. À cette occasion, il prononce une véhémente plaidoirie en faveur de la liberté de pensée, puis renonce à la pension que le roi lui alloue. Malgré plusieurs affrontements avec le pouvoir, sa qualité d'académicien lui permet, en 1845, d'être nommé pair de France – le plus haut titre accordé par le roi à ses sujets. Trois ans plus tard, il assiste à une deuxième révolution, qui, cette fois, aboutit non pas à une évolution du rôle du roi, mais à un changement de régime : le peuple se soulève, les rues de Paris se couvrent de barricades, et la monarchie est abolie. C'est le début de la IIe République. Victor Hugo, qui s'est progressivement rallié aux valeurs de la démocratie, est alors élu député.

1. ***Révolution de Juillet*** : soulèvement du peuple contre le roi Charles X en juillet 1830, pendant trois jours d'insurrection.

Il siège parmi les conservateurs, mais vote plusieurs mesures avec les représentants de la gauche, sur des sujets qui lui sont chers : la liberté de la presse, l'abolition de la peine de mort et la fin de la censure au théâtre. Il s'illustre par des discours qui font date, dans lesquels il dénonce la misère, prend parti pour la liberté de l'enseignement et contre la restriction du suffrage universel.

L'exil (1851-1870)

En 1850, Victor Hugo est donc un écrivain célèbre et un homme politique respecté. Néanmoins, il se montre bientôt réticent envers la politique menée par le président nouvellement élu, Louis-Napoléon Bonaparte, dont il avait pourtant soutenu la candidature mais qu'il accuse à présent de mener une politique réactionnaire[1]. La rupture devient définitive lors du coup d'État de Louis-Napoléon Bonaparte : le 2 décembre 1851, la République est abolie et le second Empire[2] proclamé. La prise de pouvoir du nouvel empereur, qui s'attribue le nom de Napoléon III, mais que Victor Hugo a surnommé Napoléon-le Petit, s'accompagne, l'année suivante, de la publication d'une liste de proscrits : en raison de leur hostilité au nouveau régime, ces hommes sont condamnés à l'exil. Victor Hugo, qui figure parmi les expulsés, a déjà quitté Paris, dès le lendemain du coup d'État, trouvant refuge sur l'île de Jersey, qui dépend de la Grande-Bretagne. Pendant presque vingt ans, il ne peut rentrer en France, et les théâtres ne sont pas autorisés à jouer ses pièces.

---

1. ***Réactionnaire*** : qui va contre le progrès social.

2. Le premier Empire correspond au règne de Napoléon Bonaparte, dit Napoléon Ier et surnommé Napoléon le Grand. Il a régné de 1804 à 1814, puis cent jours en 1815. Napoléon III est son neveu.

De l'île de Jersey, puis de celle de Guernesey, il continue à écrire une œuvre abondante, qui comprend de vastes recueils poétiques (*Les Châtiments*, 1853 ; *Les Contemplations*, 1856 ; *La Légende des siècles* et *Chansons des rues et des bois*, 1859) et des romans : lorsque, en 1862, paraissent *Les Misérables*, le succès est immédiat et les éditions populaires illustrées se multiplient dès 1865, donnant à voir les personnages bientôt célèbres que sont Jean Valjean, Cosette, les Thénardier et le jeune Gavroche. Ses deux romans suivants, *Les Travailleurs de la mer* (1866) et *L'homme qui rit* (1869) sont immédiatement traduits en plusieurs langues.

À la fin des années 1860, l'empereur autorise à nouveau les théâtres parisiens à représenter les œuvres de Victor Hugo : en 1867, le célèbre *Hernani* est repris avec succès à la Comédie-Française. Pourtant, l'opposition de l'écrivain à l'empereur ne faiblit pas, et il reste fidèle à la déclaration qu'il a faite en 1859, quand il a refusé de bénéficier de la loi d'amnistie permettant aux exilés de rentrer en France : « Je partagerai jusqu'au bout l'exil de la liberté. Quand la liberté rentrera, je rentrerai. »

Le retour d'exil (1870-1885)

En 1870, Victor Hugo peut enfin rentrer en France : la guerre déclarée par l'empereur à la Prusse a tourné au désastre, et cet échec a conduit à la chute de Napoléon III. Le 5 septembre 1870, la IIIe République est proclamée. Parce que Victor Hugo incarne la résistance obstinée au régime qui vient d'être mis à terre, il est célébré comme un héros de la liberté : à son arrivée à la gare du Nord, une foule immense l'accueille et l'acclame. En février 1871, il est à nouveau élu député, mais il siège cette fois parmi les élus de la gauche. Il continue à mener sa carrière littéraire (il publie le roman *Quatrevingt-treize* en 1874, deux séries du recueil *La Légende des siècles* en 1877 et 1883, le recueil de poèmes *L'Art d'être grand-père* en 1877) en même temps que sa carrière politique (il est élu au Sénat en 1876 et en 1882). Ses grands drames romantiques sont rejoués dans les théâtres nationaux : *Ruy Blas* est représenté à Paris dès 1872 ; la Comédie-Française reprend *Hernani* en 1877, ainsi que *Ruy Blas* en 1879, et plusieurs autres drames sont interprétés sur les scènes françaises au début des années 1880[1]. Victor Hugo apparaît désormais comme une importante figure nationale, dont la réelle popularité est entretenue et encouragée par des célébrations officielles : en 1881, son entrée dans sa quatre-vingtième année est fêtée par une immense manifestation populaire organisée par les pouvoirs publics, et, fait exceptionnel pour un homme encore vivant, on donne son nom à une avenue parisienne. Lorsque Victor Hugo décède, en 1885, l'événement fait la une des journaux pendant plusieurs semaines, et des funérailles nationales sont organisées : plus d'un million de personnes y assistent, qui suivent le cercueil du grand homme de l'Arc de triomphe au Panthéon.

À sa mort, nul n'ignore donc qui est Victor Hugo, illustre homme de lettres et incarnation des valeurs prônées par la IIIe République. Pourtant, un pan entier de son œuvre reste encore inconnu du public...

---

1. Voir Florence Naugrette, « La mise en scène du théâtre de Hugo au XXe siècle », in N. Inagaki et P. Rebollar (dir.), *Fortunes de Victor Hugo*, Maisonneuve et Larose, 2002.

Qu'est-ce que le « Théâtre en liberté » ?

Si, durant son exil, Victor Hugo ne pouvait espérer voir son théâtre joué sur les scènes françaises, il n'en a pas moins continué à écrire des pièces de théâtre[1].

Un théâtre mal connu

Entre 1851 et 1870, Victor Hugo écrit avec passion pour le théâtre des fragments destinés à être incorporés à des pièces en projet, ou de véritables pièces[2]. Hugo sait que, tant que Napoléon III est au pouvoir, il lui est impossible de les faire représenter. En outre, il a peu d'espoir de les voir paraître, car il est conscient que la censure s'y opposerait, ou chercherait à lui imposer des corrections. Pourtant, il l'affirme, plusieurs d'entre elles sont prêtes pour la scène, et parfaitement jouables. À partir de 1870, à son retour à Paris, il cherche d'abord à faire revivre sur scène les grands drames romantiques qu'il a écrits dans les années 1830 et qui l'ont rendu célèbre plutôt

---

1. Cette partie s'appuie sur les travaux de Florence Naugrette (art. cité, et « Hugo, romantique ou brechtien ? Le XXe siècle découvre le *Théâtre en liberté* », in C. Volpilhac (dir.), *Œuvres majeures, œuvres mineures*, ENS éditions, 2005) et sur ceux de Florence Naugrette et Arnaud Laster (« Des *Burgraves* au *Théâtre en liberté* », in *Voir des étoiles. Le théâtre de Victor Hugo mis en scène*, Paris-Musée/Actes Sud, 2002 ; Arnaud Laster, préface et notices du *Théâtre en liberté*, Gallimard, coll. « Folio », 2002).

2. Les pièces écrites pendant l'exil sont *La Forêt mouillée, La Grand'Mère, Mille Francs de récompense, L'Intervention, Mangeront-ils ?, L'Épée, Les Deux Trouvailles de Gallus (« Margarita » et « Esca »), Torquemada, Les Gueux, Gabonse, Sur la lisière d'un bois, Être aimé*, ainsi qu'une pièce dont il ne nous reste que le titre, *Peut-être un frère de Gavroche*.

qu'à publier ces nouvelles pièces, qui resteront longtemps inédites. C'est en 1886, un an après la mort de l'écrivain, qu'est imprimé un premier recueil de ces œuvres écrites pendant l'exil, mais il ne contient que les pièces en vers, parmi lesquelles *La Grand'Mère*, laissant de côté celles en prose. Il faut attendre le milieu du XXe siècle pour que soit enfin publiée l'ultime pièce inédite de Victor Hugo, *L'Intervention*. Les grands théâtres ne s'empressent pas de programmer ces œuvres, sans doute parce que ce sont les moins connues de l'écrivain ; ce sont essentiellement les petites troupes, parfois amateurs, qui s'emparent de ce « second théâtre » de Victor Hugo, en particulier à partir des années 1960 (soit près d'un siècle après leur rédaction !).

Des pièces « libres »

À l'époque où il compose ces pièces d'exil, Victor Hugo a déjà trouvé le titre du recueil qui pourrait les réunir : « Théâtre en liberté ». C'est-à-dire théâtre d'un homme qui, depuis l'exil, exerce son inaliénable liberté de pensée, quitte à renoncer à la publication. Le titre du recueil peut également être compris d'une autre manière : il met l'accent sur la liberté du dramaturge, qui ne s'interdit rien concernant la forme de son œuvre. Les pièces que compose alors Victor Hugo sont en effet fort différentes les unes des autres : en vers ou en prose, constituées d'une seule scène ou de plusieurs actes, elles peuvent aussi bien s'inscrire dans un univers irréel, que dans un Paris contemporain mis en scène de manière réaliste. Chacune des pièces écrites à cette époque est également « libre » parce que s'y affirme le refus de leur auteur de se laisser enfermer dans l'étroit carcan des règles d'un genre fixées par la tradition.

« La puissance des faibles »

Les deux pièces en un acte proposées ici, *L'Intervention* et *La Grand'Mère*, sont deux comédies du « Théâtre en liberté » écrites au milieu des années 1860.

L'Intervention

Rédigée en 1866, *L'Intervention* ne sera publiée qu'en 1951. C'est une des deux seules pièces du répertoire de Victor Hugo qui prend place dans un décor réaliste[1], contemporain de l'époque de l'auteur – la mansarde dans laquelle vit un couple d'ouvriers, Edmond et Marcinelle Gombert. La première scène nous montre les deux amoureux en pleine dispute, au bord de la rupture. Or, ce jour-là, le hasard amène dans leur modeste atelier une chanteuse qui a fait fortune, et un baron immensément riche : le jeune couple parviendra-t-il à résister à la séduction qu'exercent ces personnages à bien des égards fascinants ?

Courte pièce en prose, *L'Intervention* emprunte certains éléments à un genre dramatique en vogue dans les années 1860, le vaudeville. Il s'agit d'un type de comédie qui rencontre alors un grand succès. Eugène Scribe y excelle dans la première moitié du XIXe siècle, au moment où Victor Hugo réside encore à Paris : dans ces pièces souvent courtes, l'intrigue, très mince, repose sur une chaîne de rebondissements. Le recours au quiproquo y est fréquent, et la psychologie des personnages y tient un rôle important. Des chansons enjouées sont intégrées aux dialogues. Bien que ces spectacles soient légers, on y trouve des

1. L'autre pièce est le drame *Mille Francs de récompense*, écrit également durant l'exil.

échos de l'actualité et, parfois, des amorces de critique sociale. Dans la seconde moitié du siècle, la censure ayant été renforcée par le second Empire, les vaudevilles ont tendance à se vider de toute dimension sociale pour se transformer en pur divertissement.

Dans *L'Intervention*, Victor Hugo se nourrit de sa connaissance du théâtre de son époque et en propose une variation novatrice. Adoptant le rythme du vaudeville, auquel il emprunte les procédés comiques du quiproquo et de la satire (en particulier par l'intermédiaire du personnage du baron, haut en couleur), il donne à sa comédie une dimension sociale et sentimentale. En effet, dès le début de la pièce, l'accent est mis sur la pauvreté du couple et sur un événement douloureux de leur vie commune, la mort de leur jeune enfant, due à l'arrivée trop tardive du médecin appelé à son chevet (« on ne se presse pas pour les pauvres gens », commente amèrement Edmond, p. 42, l. 172-173). Dès lors, le pathétique se mêle intimement au comique, et les nombreux rebondissements de l'intrigue, tout comme les échanges enlevés entre les personnages de la comédie, sont imprégnés du triste souvenir de l'enfant mort – lequel joue un rôle déterminant dans le dénouement.

La Grand'Mère

Écrite en 1865 (après la rédaction de son grand roman *Les Travailleurs de la mer*), et publiée après la mort de Victor Hugo en 1886, la comédie *La Grand'Mère*, contrairement à *L'Intervention*, ne se situe pas à l'époque d'Hugo, mais dans un XVIIIe siècle fantaisiste. La première scène nous montre une vieille margrave (c'est-à-dire une sorte de reine) s'engageant dans une sombre forêt. Elle recherche son fils, le prince, qui, à ses yeux, a commis le plus grand des crimes : quitter le royaume pour épouser la jeune femme dont il est tombé éperdument amoureux, Emma Gemma. La cruelle margrave réussira-t-elle à le punir ? Comment réagira-t-elle à la vue de ce fils qu'elle prétend haïr parce qu'il a délaissé la richesse et le pouvoir qu'elle lui offrait ? Quant au prince, la vie modeste qu'il a choisie lui apporte-t-elle réellement le bonheur ?

Le titre du personnage principal, « margrave », dont la distribution nous indique qu'il s'agit de « Sophie de Hanovre, margrave de Bareuth », ainsi que le nom de son très soumis serviteur, Herr Groot (lequel lui donne toujours raison, en dépit des règles les plus élémentaires de la logique), nous invitent à situer l'action sur des terres germaniques. Une remarque du personnage principal, qui évoque le philosophe Voltaire (1694-1778), l'ancre quant à elle au XVIIIe siècle. Et, selon Arnaud Laster[1], Sophie de Hanovre peut évoquer Frédérique-Sophie Wilhemine, margrave de Bayreuth, née en 1709 et morte en 1758, qui fut proche de Voltaire.

Toutefois, qu'on ne s'y trompe pas, le personnage d'Emma Gemma est purement imaginaire, l'intrigue fantaisiste, et, loin d'être une restitution pointilleuse d'un cadre historique précis, l'univers décrit est proche de celui du conte de fées. À la lecture de la pièce, on songe en effet à *La Belle au bois dormant* de Charles Perrault qui, rappelons-le, ne se termine pas sur le réveil de la princesse : après avoir dissimulé des années durant son mariage secret à son ogre de père, le prince parvient avec difficulté à arracher son épouse et les enfants qu'elle lui a donnés des griffes de sa mère, reine ogresse qui se verrait volontiers les dévorer, pourvu qu'ils soient assaisonnés d'une sauce appétissante !

Il ne s'agit donc pas ici pour Victor Hugo, comme dans *L'Intervention*, de situer sa pièce dans un univers réaliste, et

1. Voir la notice de la pièce dans son édition du « Théâtre en liberté », Gallimard, « Folio classique », 2002.

de se livrer à une critique directe de la société contemporaine. Cependant, les deux œuvres ne sont pas sans échos entre elles, dans les effets qu'elles produisent, le système des personnages qu'elles mettent en scène, comme dans les questions qu'elles soulèvent : faut-il, pour être heureux, vivre dans la misère ou renoncer à la richesse ?

Faire rire, émouvoir, faire pleurer

L'Intervention et *La Grand'Mère* sont toutes les deux désignées par Victor Hugo comme des « comédies ». Ce sont les deux seules fois que Victor Hugo, avant tout reconnu pour ses grands drames romantiques, aborde ce genre. Pourtant, là encore, il innove. Il ne s'agit pas de comédies au sens classique du terme : le dramaturge ne se contente pas de composer des intrigues bien construites, de créer des personnages caricaturaux et d'utiliser des effets calculés pour faire rire à coup sûr les spectateurs. Dans les comédies du « Théâtre en liberté », on rit, bien sûr, mais cela n'empêche ni d'être ému, ni de pleurer. On s'amuse, mais on s'indigne, et, finalement, on réfléchit.

Misère et bonheur : « la puissance des faibles »

Chacune des deux pièces propose de manière implicite une réflexion sur l'amour et l'argent, ainsi que sur la valeur que leur accorde la société. Ce n'est pas un hasard si Victor Hugo avait l'intention de les publier au sein d'un même volume, qui aurait constitué la première série du « Théâtre en liberté » et se serait intitulé : « La puissance des faibles ». Toutes deux mettent en scène un couple d'amoureux vivant dans la misère et un personnage riche venant mettre à l'épreuve leur seule richesse – l'amour. La misère est-elle un obstacle au bonheur ? Pour être plus riche, en est-on moins misérable ? On le voit, on retrouve dans ces deux pièces non seulement une réflexion récurrente dans toute l'œuvre de Victor Hugo, mais aussi des thèmes qui résonnent fortement dans le monde d'aujourd'hui.

CHRONOLOGIE

1802 1885

1802 1885

- Repères historiques et culturels
- Vie et œuvre de l'auteur

Repères historiques et culturels

1802 Napoléon Bonaparte est nommé consul à vie.
Chateaubriand, *René*, *Génie du christianisme*.

1804 Napoléon Bonaparte est sacré empereur des Français sous le nom de Napoléon Ier.
Début du premier Empire.

1805 Défaite de Trafalgar et victoire d'Austerlitz.

1809 Victoire de Wagram.

1812 Campagne et retraite de Russie.

1814 Abdication de Napoléon Ier, exilé sur l'île d'Elbe.
Première restauration de la monarchie.

1815 Période des « Cent-Jours » durant laquelle Napoléon Ier tente de rétablir l'Empire. En juin, défaite de Waterloo et seconde restauration de la monarchie.
Exil définitif de Napoléon à Sainte-Hélène.

1820 Lamartine, *Méditations poétiques* (poésie).

1821 Mort de Napoléon.
Naissance de Flaubert et de Baudelaire.

1822 Vigny, *Poèmes*.

Vie et œuvre de l'auteur

1802 Le 26 février, Victor Hugo naît à Besançon.

1812 Il écrit ses premières pièces de théâtre.

1818 Il achève de brillantes études au lycée Louis-le-Grand.

1820 Il fréquente les milieux romantiques et rencontre Vigny, Chateaubriand, Lamartine.

1822 Parution de son premier livre, un recueil de poèmes, *Odes et poésies diverses*.
Il épouse Adèle Foucher.

1823 Il publie son premier roman, *Han d'Islande*.
Louis XVIII lui alloue une pension.

Repères historiques et culturels

1824 Début du règne de Charles X.

1825 Mérimée, *Le Théâtre de Clara Gazul.*

1830 Révolution de juillet : trois jours d'insurrection mettent fin au règne de Charles X.
Début du règne de Louis-Philippe.
Stendhal, *Le Rouge et le Noir*.

1831 Éclairage au gaz de la scène du théâtre de la Porte-Saint-Martin, qui va devenir un haut lieu du drame romantique.
Delacroix, *La Liberté guidant le peuple.*

1833 Balzac, *Eugénie Grandet*.

1834 Musset, *On ne badine pas avec l'amour*, *Lorenzaccio.*

1835 Eugène Scribe, *Être aimé ou mourir*, *La Pensionnaire mariée* (vaudevilles).
Musset, *Les Nuits*, *La Confession d'un enfant du siècle.*
Balzac, *Le Père Goriot.*

Vie et œuvre de l'auteur

1824 Il est invité au sacre de Charles X à Reims.
Naissance de sa fille Léopoldine.

1825 Il est fait chevalier de la Légion d'honneur.

1827 Il publie *Cromwell* dont la préface est un véritable manifeste de l'art romantique.

1830 Premières représentations du drame romantique *Hernani* (théâtre). La pièce déclenche un vif débat.
Naissance de sa fille Adèle.

1831 *Notre-Dame de Paris* (roman).
Les Feuilles d'automne (poésie).
Marion de Lorme (théâtre).

1832 Première du drame romantique *Le roi s'amuse* qui est aussitôt interdit sous prétexte de trouble à l'ordre public. Victor Hugo intente un procès au Théâtre-Français, et prononce une longue plaidoirie en faveur de la liberté d'expression.

1833 *Marie Tudor*, *Lucrèce Borgia* (théâtre).
Début de sa liaison avec Juliette Drouet, qui durera cinquante ans.

1834 *Claude Gueux* (récit).

1835 *Angelo, tyran de Padoue* (théâtre).
Les Chants du crépuscule (poésie).

1837 *Les Voix intérieures* (poésie).

Repères historiques et culturels

1838 Inauguration du théâtre de la Renaissance, dédié au drame romantique.

1840 Naissance de Zola, de Monet et de Rodin.
Transfert des cendres de Napoléon aux Invalides.

1842 Eugène Sue, *Les Mystères de Paris* (roman).

1844 Dumas, *Les Trois Mousquetaires*, *Le Comte de Monte-Cristo*.

1848 Révolution de Février. La monarchie est abolie et la IIe République proclamée.
Louis-Napoléon Bonaparte est élu président de la République.
Chateaubriand, *Mémoires d'outre-tombe*.

1850 Labiche, *Embrassons-nous Folleville* (vaudeville).
Mort de Balzac.
Rétablissement de la censure théâtrale.

1851 Le 2 décembre, coup d'État de Louis-Napoléon Bonaparte.

Vie et œuvre de l'auteur

1838 *Ruy Blas* (théâtre).

1840 *Les Rayons et les Ombres* (poésie).

1841 Il est élu à l'Académie française.

1843 Mort de sa fille Léopoldine qui se noie dans la Seine. Échec de la représentation des *Burgraves* et dernier drame romantique de Victor Hugo.

1845 Il est nommé pair de France.

1846 Il est élu député au côté des conservateurs à l'Assemblée législative.

1848 Il est élu à l'Assemblée constituante et fonde le journal *L'Événement*, qui soutient la candidature de Louis-Napoléon Bonaparte à la présidence de la République.

1849 Élection à l'Assemblée législative. Rupture avec la droite.
La même année, il prononce un discours sur la misère.

1851 Prise de position contre Louis-Napoléon.

Repères historiques et culturels

1852 Début du second Empire. Louis-Napoléon Bonaparte prend le nom de Napoléon III. Il signe l'arrêt d'exil de ses opposants politiques ; sur cette liste figure Victor Hugo.

1854 Naissance de Rimbaud.

1857 Flaubert, *Madame Bovary*.
Baudelaire, *Les Fleurs du mal*.
Mort de Musset.

1859 Loi d'amnistie autorisant le retour en France des exilés.

1866 Verlaine, *Poèmes saturniens*.

1869 Flaubert, *L'Éducation sentimentale*.
Charles Baudelaire, *Le Spleen de Paris* (poésie).

Vie et œuvre de l'auteur

1852 Il écrit *Napoléon-le-Petit* (pamphlet) qui lui vaut d'être banni. Il s'exile à Jersey puis à Guernesey, îles anglaises. Ses pièces sont interdites en France.

1853 *Les Châtiments* (poésie).

1856 *Les Contemplations* (poésie), recueil composé en souvenir de sa fille Léopoldine.

1859 *La Légende des siècles* (poésie).
Il refuse de bénéficier de la loi d'amnistie.

1862 *Les Misérables* (roman) rencontrent un immense succès populaire.

1864 *William Shakespeare* (essai).

1865 Il écrit la comédie *La Grand'Mère* (théâtre).

1866 *Les Travailleurs de la mer* (roman).
Il écrit la comédie *L'Intervention* (théâtre).

1867 L'empereur autorise les théâtres français à jouer ses pièces. *Hernani* est mis en scène à la Comédie-Française.

1869 *L'homme qui rit* (roman).
Naissance de sa petite-fille Jeanne.
Il préside le Congrès de la paix à Lausanne.

Repères historiques et culturels

1870 Guerre franco-allemande. Défaite française à Sedan et destitution de Napoléon III. Proclamation de la IIIe République.

1871 Insurrection de la Commune de Paris.

1877 Zola, *L'Assommoir*.

1881 Lois sur la liberté de la presse.

1882 Lois Jules Ferry, sur la gratuité de l'enseignement primaire et sur son caractère obligatoire et laïc.

1883 Maupassant, *Une vie*.

1884 Huysmans, *À rebours*.

1885 Zola, *Germinal*.

Vie et œuvre de l'auteur

1871 Retour triomphal à Paris. Il est élu député mais démissionne rapidement.

1874 *Quatrevingt-treize* (roman).

1876 Il est élu au Sénat. Il sera réélu en 1882.

1877 *L'Art d'être grand-père* (poésie).
La Comédie-Française reprend avec succès *Hernani*.

1878 Une congestion cérébrale le contraint à cesser toute activité créatrice.

1881 Les pouvoirs publics organisent une immense fête populaire pour célébrer l'entrée de Victor Hugo dans sa quatre-vingtième année. Une avenue de Paris est baptisée de son nom.

1883 Mort de Juliette Drouet.

1885 Il meurt à Paris le 22 mai. Des funérailles nationales sont organisées et ses cendres sont déposées au Panthéon.

L'Intervention

Comédie

PERSONNAGES

EDMOND GOMBERT
MARCINELLE, *sa femme*
MADEMOISELLE EURYDICE
LE BARON DE GERPIVRAC

Une chambre mansardée[1]*. Mobilier très pauvre. À côté l'un de l'autre deux métiers*[2]*, un métier à dentelle, et un outillage d'éventailliste*[3]*. Quelques éventails ébauchés épars sur une table de bois blanc. Dentelles en train*[4] *parmi les éventails. Deux chaises de paille. Une commode de bois blanc. Un placard dans le mur. Une petite fenêtre. Cheminée sans feu. – C'est l'été. Un lit de sangle*[5] *dans un coin. Au fond une porte. À gauche une autre porte plus petite. Un pot à l'eau*[6] *sur la cheminée.*

---

1. ***Mansardée*** : sous les toits.
2. ***Métiers*** : machines.
3. ***Éventailliste*** : ouvrier qui fabrique des éventails.
4. ***En train*** : en cours de fabrication.
5. ***Lit de sangle*** : lit rustique, fait d'un morceau de tissu attaché à deux pièces de bois.
6. ***Pot à l'eau*** : pot rempli d'eau.

Scène première

EDMOND GOMBERT. *Blouse. Képi sur la tête.*
MARCINELLE, *robe de cotonnade commune avec camail*[1] *pareil*

EDMOND GOMBERT. – Fi[2], la jalouse !

MARCINELLE. – Fi, le jaloux !

EDMOND GOMBERT. – Voyons. La paix. Embrasse-moi.

MARCINELLE. – Non.

EDMOND GOMBERT. – Tu ne m'aimes donc pas ?

MARCINELLE. – Je t'adore.

EDMOND GOMBERT. – Hé bien, alors ?

MARCINELLE. – Je te déteste.

EDMOND GOMBERT. – Pourquoi ?

MARCINELLE. – Parce que je t'adore.

EDMOND GOMBERT. – Marcinelle, veux-tu m'embrasser ?

MARCINELLE. – Où est mon carton ? Je suis en retard. Il faut que j'aille porter mon ouvrage.

1. ***Camail*** : petit manteau.
2. ***Fi*** : interjection familière qui marque le mépris.

EDMOND GOMBERT. *Au moment où elle va prendre son carton, il lui saisit doucement le bras.* – Promets-moi que tu ne me feras plus de scènes[1] ?

MARCINELLE. – Promets-moi que tu ne seras plus jamais bête.

EDMOND GOMBERT. – Quel est le plus bête de l'homme jaloux ou de la femme jalouse ?

MARCINELLE. – C'est toi.

EDMOND GOMBERT. – Non, c'est la femme.

MARCINELLE. – Je te dis que c'est toi qui es bête.

EDMOND GOMBERT. – La femme jalouse a l'air d'avouer qu'elle n'est pas jolie.

MARCINELLE. – Et l'homme jaloux avoue qu'il n'est pas spirituel.

EDMOND GOMBERT. – C'est égal, tu es jolie, Marcinelle. Tu l'es trop.

MARCINELLE. – Et toi !... mais je ne veux pas te gâter[2]. Je ne te dirai pas ce que je pense. Il ne faut jamais donner d'avantages aux hommes. Ils en abusent. Voyons. Es-tu toujours jaloux ?

EDMOND GOMBERT. – Oui. Et toi, es-tu toujours jalouse ?

MARCINELLE. – Non. Mais que je te voie regarder une femme !

EDMOND GOMBERT. – Ah ! Si nous n'étions pas pauvres, nous ne serions pas jaloux.

MARCINELLE. – C'est vrai. Je sais bien que je ne suis pas affreuse, mais ma robe est laide. Tu vois des femmes

---

1. ***Scènes*** : scènes de ménage, disputes.
2. ***Te gâter*** : entretenir tes défauts.

mieux mises[1] que moi, et cela m'inquiète. Je n'ai pas de quoi acheter toutes les choses nécessaires sans lesquelles une femme n'est pas une femme, les rubans, les chiffons, les fanfreluches[2], l'assaisonnement, quoi ! Je ne suis pas assez riche pour être jolie. Un manche à balai sur lequel il y a une robe de soie me fait concurrence, et j'ai peur de toutes les toilettes[3] qui passent, et que tu peux voir.

EDMOND GOMBERT. – Eh bien, et toi, qui regardes caracoler[4] sur le boulevard des idiots en bottes vernies, crois-tu que cela m'amuse, moi homme en blouse[5] ! Ces idiots sont jolis.

MARCINELLE. – Ah ! les autres femmes, quelles parures, quels équipages, quels tapages ! Comme on est facilement belle avec ces toilettes-là ! Comme elles prennent le mari et l'amant de leur prochaine. Ce ne sont que des poupées pourtant, et moi j'ai un cœur.

EDMOND GOMBERT. – Oh ! je vois bien des désavantages, va ! tes mirliflores[6] ont des gants blancs, et moi j'ai les mains noires du travail. Fainéants !

MARCINELLE. – Te rappelles-tu notre petite fille ?

EDMOND GOMBERT. – Marcinelle ! – Ah ! c'est mon songe de tous les instants.

MARCINELLE. – Quand elle jouait là, te la rappelles-tu ?

EDMOND GOMBERT. – Avec sa petite robe blanche.

---

1. ***Mises*** : habillées.
2. ***Chiffons***, ***fanfreluches*** : accessoires qui servent à embellir une tenue.
3. ***Toilettes*** : tenues.
4. ***Caracoler*** : faire le beau.
5. ***Blouse*** : tenue portée par les ouvriers.
6. ***Mirliflores*** : jeunes hommes qui cherchent à briller par leur élégance (familier et péjoratif).

MARCINELLE. – Que je savonnais moi-même.

EDMOND GOMBERT. – Et dont tu avais fait les dentelles.

MARCINELLE. – Elle essayait de parler. Comme elle nous faisait rire ! Au lieu de dire : *bonjour*, elle disait *azor*. Te rappelles-tu ?

EDMOND GOMBERT. – Nous sommes bien pauvres, et pourtant avec sa robe blanche à dentelles, elle avait l'air d'une petite reine. Oh ! le croup[1] !

MARCINELLE. – Elle n'avait que deux ans.

EDMOND GOMBERT. – Deux ans. C'est une drôle de chose que le bon Dieu ne puisse pas prêter un ange plus longtemps que cela.

MARCINELLE. – Chérubin[2], va ! – Tu sais bien ce placard !

Elle montre un placard dans le mur.

EDMOND GOMBERT. – Eh bien ?

MARCINELLE. – J'ai là sa petite robe. Veux-tu la voir ?

EDMOND GOMBERT. – Non. Je pleurerais. Et j'ai besoin de mes yeux pour travailler. – À l'ouvrage, allons.

MARCINELLE. – Et moi, je vais reporter le mien en ville. Je pars avec mon carton. Ah ! on doit venir aujourd'hui chercher le châle de point de Bruxelles[3] que j'avais à raccommoder, il est fini. C'est la femme de chambre qui l'a apporté, mais elle a dit que la dame viendrait peut-être le chercher elle-même. Si l'on vient, tu le remettras à la personne. Le voilà.

---

1. ***Croup*** : maladie ; forme de laryngite mortelle.
2. ***Chérubin*** : ange.
3. ***Point de Bruxelles*** : dentelle.

Elle tire de la commode un grand châle de dentelle et l'étale au dos d'une chaise. Edmond Gombert s'assoit à sa table de travail et se remet à peindre un éventail à demi ébauché.

Si l'on demande à payer tu recevras l'argent, il y a dix jours d'ouvrage[1], c'est dix francs. Et puis je m'en vas. Maintenant embrasse-moi.

Elle s'approche pour l'embrasser. Il la regarde.

EDMOND GOMBERT. – Où est-ce que tu vas ?

MARCINELLE. – Porter mon ouvrage[2].

EDMOND GOMBERT. – Mais où ?

MARCINELLE. – Rue Duphot. Au grand magasin de blanc au coin du boulevard.

EDMOND GOMBERT. – Tu vas encore passer par le boulevard !

MARCINELLE. – Par où veux-tu que je passe ?

EDMOND GOMBERT. – Pas par là.

MARCINELLE. – Pour aller sur le boulevard, il faut passer par le boulevard.

EDMOND GOMBERT. – Je ne veux pas. C'est le chemin des Champs-Élysées et de la Porte Maillot.

MARCINELLE. – Après ?

EDMOND GOMBERT. – L'autre jour je t'ai suivie. Tu en as regardé un.

MARCINELLE. – Un quoi ?

EDMOND GOMBERT. – Un beau.

---

1. ***Dix jours d'ouvrage*** : dix jours de travail.
2. ***Ouvrage*** : le fruit de son travail et, plus largement, la production d'un ouvrier.

MARCINELLE – Un beau ?

EDMOND GOMBERT. – Un de ces affreux beaux du Bois de Boulogne. Un escogriffe[1] avec un petit carreau dans le coin de l'œil, un grand dadais à cheval avec une cravache et l'air d'une brute. Crétin ! Je t'en donnerai de la cravache, moi. Marcinelle, tu t'es arrêtée pour le regarder piaffer[2].

MARCINELLE. – Piaffer qui ? l'homme ?

EDMOND GOMBERT. – Non, le cheval. Tu es restée là plus de cinq minutes à admirer. Je t'ai vue.

MARCINELLE. – En voilà, des choses. J'aime ça d'un homme qui passe sa vie à faire les yeux doux aux femmes du premier d'en face sur leur balcon.

EDMOND GOMBERT. – Allons, bon ! encore une scène.

MARCINELLE. – C'est vous qui la faites.

EDMOND GOMBERT. – Non. C'est vous.

MARCINELLE. – Des femmes qui ont des volants insensés. Quand je pense que je n'ai qu'un mauvais[3] chapeau de paille cousue l'hiver comme l'été et que vous me refusez un pauvre petit bonnet à fleurs !

EDMOND GOMBERT. – Ce n'est pas moi qui refuse. C'est la pauvreté.

MARCINELLE. – Il ne coûte que douze francs.

EDMOND GOMBERT. – Je n'ai pas douze sous.

---

1. ***Escogriffe*** : homme trop grand (péjoratif).
2. ***Piaffer*** : pour un homme, signifie faire le beau (le terme est alors péjoratif) ; pour un cheval, marcher en levant très haut les pattes de devant.
3. ***Mauvais*** : laid.

MARCINELLE. – Avare !

EDMOND GOMBERT. – Coquette !

MARCINELLE. – Bien ! voilà les injures à présent. Continuez.

EDMOND GOMBERT, *se levant de sa chaise.* – Tenez, je crois décidément que nous ne pouvons pas vivre ensemble. Nous avons eu tort de nous marier. Nous aurions mieux fait, moi de rester garçon, vous de rester fille[1].

MARCINELLE. – Toujours vos mots blessants. Vous ne pouvez pas dire rester demoiselle ? Ah ! ces gens du peuple !

EDMOND GOMBERT. – Les bourgeois disent ça, une demoiselle. Moi je dis une fille. Je ne suis pas un bourgeois, moi.

MARCINELLE. – Cela se voit. Je vous dis que vous parlez comme le peuple.

EDMOND GOMBERT. – Cela tient à ce que j'en suis. Oui je suis du peuple et je m'en vante. Je pense comme le peuple et je parle comme le peuple. J'ai les bons bras du courage et j'ai le bon cœur de l'honnêteté. Quand est-ce donc qu'on en finira ? Je travaille, je ne m'épargne pas, et je ne peux pas parvenir à joindre les deux bouts. L'autre jour j'ai vu passer un général, tout chamarré[2], le poste[3] a pris les armes, pourquoi lui rend-on des honneurs à celui-là ? Ils ne savent pas ce qu'ils disent à la Chambre[4]. Ils ne vont pas au but. Je dois deux termes, moi. Vous gagnez quinze ou vingt sous par jour avec votre dentelle, vous vous brûlez les yeux, et moi trois francs avec mes

1. ***Rester garçon, rester fille*** : rester célibataire.
2. ***Chamarré*** : orné de galons.
3. ***Le poste*** : le soldat de garde.
4. ***La Chambre*** : la Chambre des députés, où sont votées les lois.

éventails. Et il y a du chômage. Et il faut se fournir de la matière première. Voilà ma femme, je l'aime. Eh bien, je suis forcé de lui refuser un méchant chiffon de bonnet.

MARCINELLE. – Parce que je serais jolie avec, parce qu'il y a des fleurs dessus, par jalousie.

EDMOND GOMBERT. – Par misère. Nous n'avons à nous que ces meubles de quatre sous. Un grabat[1], quoi ! tout juste ce qu'il faut pour ne pas coucher par terre. Notre enfant est mort, parce que le médecin est venu tard. On ne se presse pas pour les pauvres gens. Ah ! le jour où je ferai de la politique, cela ira autrement. En attendant je suis pauvre, et je vois ma femme qui regarde les riches !

MARCINELLE. – Je vous dis que c'est vous. Une jupe de soie trotte dans la rue, un manteau de velours, un frou-frou de volants, un cachemire, une plume, vous tournez la tête. Et vous me querellez pour me donner le change[2]. Toutes les femmes ont de quoi se mettre[3], moi pas. Je n'ai pas de chaussure aux pieds, des bottines usées qui vont prendre l'eau la première fois qu'il pleuvra. Ah ! je vous connais, allez. Parce qu'il y a des fleurs dessus, et que je serais jolie avec. C'est pour cela que vous me le refusez. Vous voulez que je sois laide. Cela vous plaît. Ah ! les idées fixes ! Et vous me suivez ! Vous venez de l'avouer. C'est vraiment pitoyable de penser qu'on suit une femme dans les rues parce qu'il peut arriver qu'elle s'arrête pour laisser passer des personnes qui sont à cheval, et que c'est le chemin du Bois de Boulogne. Avec cela que je serais flattée que des

1. ***Grabat*** : pauvre lit.
2. ***Donner le change*** : faire diversion, changer de sujet.
3. ***Se mettre*** : s'habiller.

gens bien mis fissent attention à moi, fagotée[1] comme je suis ! Car je suis fagotée. Sachez, monsieur, qu'on n'a pas besoin, parce qu'on est un homme du peuple, de laisser sortir son épouse habillée comme une misérable. Voyez cette robe. Est-ce que vous n'en êtes pas honteux ?

EDMOND GOMBERT. – Vous voudriez me voir honteux de votre robe de toile, et moi je voudrais vous voir fière de ma blouse.

MARCINELLE. – Votre blouse ! qu'il vienne seulement ici une coquine dans du satin et je ne vous donne pas une heure pour être envieux des beaux habits des imbéciles ! Tenez, je m'en vais, ça finirait mal.

EDMOND GOMBERT. – Jaloux, oui. Envieux, non.

MARCINELLE. – Vous entendez, si l'on vient pour le châle de dentelle, vous le remettrez. – Ah ! il faut pourtant que je déjeune avant de partir. Qu'y a-t-il à déjeuner ? *(Elle ouvre le buffet. On y aperçoit un morceau de pain sur une planche.)* – Ça !

EDMOND GOMBERT. – Hé bien, du pain.

Il se rassied et se remet à son ouvrage. Marcinelle casse le pain, mord dans une moitié, et laisse l'autre.

MARCINELLE, *tout en mangeant*. – Je vous laisse votre part.

EDMOND GOMBERT. – Mangez tout.

MARCINELLE. – Non. Et vous, il faut bien que vous mangiez.

EDMOND GOMBERT. – Je n'ai pas faim.

MARCINELLE. – Je pars. *(S'approchant de lui.)* Voulez-vous m'embrasser ?

---

1. ***Fagotée*** : mal habillée.

EDMOND GOMBERT. – Non.

MARCINELLE. – Pourquoi ?

EDMOND GOMBERT. – Je n'ai pas faim, vous dis-je.

MARCINELLE. – C'est bon. *(Elle prend le carton et se dirige vers la petite porte. À part sur le seuil.)* Toujours des querelles ! Pourtant je l'aime ! *(Elle sort.)*

EDMOND GOMBERT, *seul.* – Encore une scène, mon Dieu ! Nous ne pouvons pas sortir du malentendu qui est entre nous. Comment cela finira-t-il ? En viendrons-nous à nous séparer ? Je ne jurerais de rien. Nous avons l'air de ne pouvoir point faire ménage[1] ensemble. Eh bien, si elle me quittait, je le sens, je ne pourrais pas vivre sans elle. L'âme partie, que reste-t-il ? Quelque chose qui meurt. Je serais ce quelque chose-là.

Il reprend son travail.

VOIX DE FEMME, *chantant au dehors.*

La voix se rapproche, ce qui semble indiquer que la personne qui chante monte l'escalier.

La belle, si nous étiomes[2]
Dedans ce haut bois,
La belle, si nous étiomes
Dedans ce haut bois,
Nouss' y mangeriomes
Fort gaîment des noix.

1. ***Faire ménage*** : être marié.
2. D'après Arnaud Laster dans ses notes de l'édition du *Théâtre en liberté*, Folio, 2002, il s'agit du texte d'une authentique chanson populaire.

Nous en mangeriomes
À notre loisir.
Nique noc nac muche !
Belle, vous m'avez
T'embarlifi – t'embarlificoté
De votre beauté.

La belle, si nous étiomes
Dedans ce fourniau…

EDMOND GOMBERT. – Qui est-ce qui monte là ?

LA VOIX, *reprenant.*

La belle, si nous étiomes
Dedans ce fourniau
Nouss' y mangeriomes
Des p'tits pâtés chauds.
Nous en mangeriomes
À notre loisir.
Nic noc nac muche !
Belle, vous m'avez
Embarlifi – embarlificoté
De votre beauté.

EDMOND GOMBERT. – Une paysanne ? *(On frappe un petit coup à la porte du fond.)* Entrez.

La porte du fond s'ouvre, on aperçoit Mademoiselle Eurydice. Robe en yak nuance blonde, à montants de taffetas vert printemps, écharpe pareille très décolletée et tout du long, sur le devant de la robe, boutons de taffetas vert dans une agrafe de guipure. Ceinture de gros-grain vert, soutenant une aumônière de moire verte voilée de guipure. Casquette de paille blonde à plume blanche traversée d'une aile de perroquet[1]*. Elle tient un volumineux bouquet. Elle s'arrête sur le seuil de la porte et regarde l'intérieur de la mansarde.*

Scène 2

EDMOND GOMBERT,
MADEMOISELLE EURYDICE

EDMOND GOMBERT, *à part.* – Une duchesse pour le moins. *(Il ôte son képi.)* Qu'est-ce que c'est que cette dame? En voilà une qui est belle. Je n'aime pas ces excès de beauté-là. – C'est comme une lumière brusque dans de la nuit. Cela blesse. Elle arrive mal au milieu de mes idées tristes. Elle doit se tromper de porte. Que peut-elle venir faire dans mon taudis[2] ?

MADEMOISELLE EURYDICE, *entrant et regardant.* – Tiens, un nid. C'est charmant. Comme c'est pauvre! On doit être

---

1. Les vêtements que porte Eurydice sont particulièrement luxueux : la robe est faite en «yak» (laine précieuse) et «taffetas» (étoffe de soie très fine), et elle est fermée par une «agrafe de guipure», c'est-à-dire une boutonnière de dentelle. Elle est embellie de plusieurs accessoires : une ceinture de «gros-grain» (un ruban de soie côtelé), une «aumônière» en «moire» (une bourse faite dans un tissu de soie chatoyant), et une «casquette» ornée d'une «aile de perroquet», rare et exotique, donc précieuse.
2. ***Taudis*** : petit logement en mauvais état.

heureux ici. *(Elle s'arrête.)* Cela me rappelle mon autrefois. Il y a ici une odeur honnête. Des chaises de paille, une table en bois blanc, un lit en bois blanc. Comme ça sent bon, le sapin !

EDMOND GOMBERT, *à demi-voix, sombre.* – C'est en sapin qu'est faite la bière[1].

MADEMOISELLE EURYDICE. – Des rideaux de calicot[2]. Un pot de fleurs sur la fenêtre. Il faut prendre garde de se cogner la tête. Un miroir fêlé. C'est là le bonheur. *(Se décidant à apercevoir Edmond Gombert.)* Bonjour, monsieur. Qui êtes-vous ?

EDMOND GOMBERT. – Je suis chez moi, madame.

MADEMOISELLE EURYDICE. – Je le vois bien. Mais qui êtes-vous ?

EDMOND GOMBERT. – Un ouvrier. Et vous, madame ?

MADEMOISELLE EURYDICE. – Vous êtes curieux.

EDMOND GOMBERT, *à part.* – Qu'elle est belle ! C'est l'entrée d'un éblouissement. Elle est trop belle ! Oh ! ce grand monde[3]. Je le hais.

MADEMOISELLE EURYDICE, *fredonnant.* – Nique, noc, nac, muche. *(À Edmond Gombert.)* Je viens chercher mon châle de dentelle. Est-il raccommodé ?

EDMOND GOMBERT. – Ah ! c'est la personne au châle. – Le voici, madame. Il est prêt. – Quelle drôle de chanson elle chante ! Mais c'est égal, elle est bien jolie. Je ne sais pas ce que j'ai.

---

1. ***La bière*** : le cercueil.
2. ***Calicot*** : toile de coton.
3. ***Grand monde*** : les riches.

MADEMOISELLE EURYDICE, *à part.* – Tiens, il n'est pas mal, ce garçon-là. De grosses mains qui travaillent, un sarrau de coutil[1], il est beau tout de même. Il me plaît. Ça me reposerait de tous mes petits vicomtes qui sont si bêtes. Dans ma jeunesse, ô mon Dieu – voilà que j'ai tout à l'heure vingt-cinq ans – dans ma jeunesse j'ai été paysanne. Je remordrais bien dans le pain bis[2]. *(Haut, examinant le châle.)* Il est supérieurement réparé, ce châle. C'est très bien fait. Je me connais dans ce travail-là. Madame Gandillot vient de retrouver le point de Venise. Elle fait ce qu'elle appelle le col-pélerine Anne d'Autriche. Il ne se vendra pas, son col Anne d'Autriche. Quinze francs, c'est trop bon marché; s'il coûtait deux cents francs, il ferait fureur[3]. Au surplus, moi, j'aime autant le Binche que le Venise[4]. Sur ce mon cher, je suis une quêteuse[5]. Là, attrape ça. Le châle et ça, c'est ce qui m'amène. Je quête pour une œuvre de charité, un incendie. Je vais dans les greniers demander des sous. Où donc s'est-il fait déjà, mon incendie? Je ne sais plus où, mais c'est un incendie. C'est arrivé. Voulez-vous me donner pour ma quête? Il y a des femmes, des enfants sur le pavé[6], des tas de pauvres. L'an dernier j'ai quêté pour une inondation. Après l'eau, le feu. À propos, combien dois-je pour le châle?

EDMOND GOMBERT. – Dix francs, madame.

---

1. ***Sarrau de coutil*** : sorte de manteau de toile épaisse, portée principalement par les paysans.
2. ***Pain bis*** : pain brun, moins cher que le pain blanc.
3. ***Il ferait fureur :*** il aurait beaucoup de succès.
4. Le *Binche* et le *Venise* sont des types de dentelle.
5. ***Une quêteuse*** : une femme qui organise une quête, qui recueille de l'argent pour les pauvres.
6. ***Sur le pavé*** : à la rue.

MADEMOISELLE EURYDICE. – Les voici.

EDMOND GOMBERT. – Gardez-les pour vos pauvres qui sont sur le pavé.

MADEMOISELLE EURYDICE, *à part.* – Il est généreux. J'en serais folle, de cet homme-là.

EDMOND GOMBERT, *à part.* – Cette femme me trouble. Je sens quelque chose comme le bord d'un précipice. Ce n'est pas à ses pauvres que j'ai donné, c'est à ses yeux.

MADEMOISELLE EURYDICE, *considérant l'éventail auquel travaillait Gombert.* – Pourquoi mentez-vous ?

EDMOND GOMBERT. – Moi, madame !

MADEMOISELLE EURYDICE. – Vous m'avez dit que vous étiez un ouvrier.

EDMOND GOMBERT. – Eh bien !

MADEMOISELLE EURYDICE. – Ce n'est pas vrai. Vous êtes un artiste.

EDMOND GOMBERT. – Madame... *(À part.)* Décidément je ne voudrais pas parler souvent à une femme comme cela.

MADEMOISELLE EURYDICE. – Vos éventails sont exquis. *(À part.)* Oh ! si je pouvais revenir à l'amour honnête ! Ô mon passé ! j'ai eu une chambre semblable. On est deux tourtereaux[1], on gazouille. Voilà l'homme qu'il me faudrait. *(Elle regarde avec une sorte de contemplation la mansarde autour d'elle. Elle aperçoit un livre sur une planche.)* Et vous lisez ? *(Lisant le titre du livre.) Le Paradis perdu*[2].

---

1. ***Tourtereaux*** : jeunes amoureux.

2. ***Le Paradis perdu*** : poème épique écrit par le poète anglais John Milton en 1667. Il relate la façon dont Ève et Adam cédèrent à la tentation de Satan et furent chassés du paradis.

EDMOND GOMBERT. – Oui, Milton. Connaissez-vous ce livre, *Le Paradis perdu* ?

MADEMOISELLE EURYDICE. – Je ne connais pas le livre, mais je vois la chose. *(Elle regarde l'éventail auquel il travaille.)* Cet éventail est un chef-d'œuvre. C'est du papier exprès, n'est-ce pas ?

EDMOND GOMBERT. – Peau vélin chine. On peint également sur soie.

MADEMOISELLE EURYDICE. – C'est vous qui peignez ces peintures-là ?

EDMOND GOMBERT. – Oui, madame.

MADEMOISELLE EURYDICE. – Qu'est-ce que celui-là avec sa fourche ?

EDMOND GOMBERT. – C'est Neptune[1].

MADEMOISELLE EURYDICE. – Et ces petits-là ? Ce sont des anges ?

EDMOND GOMBERT. – Ce sont des amours.

MADEMOISELLE EURYDICE. – C'est la même chose.

EDMOND GOMBERT. – À peu près.

MADEMOISELLE EURYDICE. – Ça a des ailes. Ce qu'on appelle des anges à l'église, c'est ce qu'au théâtre on appelle les amours. Combien vendez-vous cet éventail ?

EDMOND GOMBERT. – À vous je ne vends rien.

---

1. Dans la mythologie romaine, *Neptune*, le dieu des mers, a pour attribut un trident, c'est-à-dire une fourche à trois dents.

■ Mademoiselle Eurydice (Fabienne Vette), enjôleuse, et Edmond Gombert (Sébastien Raymond) dans une mise en scène de Marion Carroz en 2009.

MADEMOISELLE EURYDICE, *à part.* – L'intrigant[1] ! Pour qu'on lui donne tout.

EDMOND GOMBERT, *l'admirant à part.* – C'est cela qui est la femme.

MADEMOISELLE EURYDICE. – Je veux l'acheter. Dites-moi le prix.

EDMOND GOMBERT. – Une fleur de votre bouquet.

MADEMOISELLE EURYDICE. – *(À part.)* Il est galant. Pommadez-lui les cheveux et mettez-lui un lorgnon[2], quelle différence y aura-t-il entre lui et un prince royal quelconque ? Il y aura cette différence que celui-ci est meilleur. *(Haut.)* Comment vous appelez-vous ?

EDMOND GOMBERT. – Gombert.

MADEMOISELLE EURYDICE. – Pas ce nom-là. Vous avez un petit nom. On ne dit jamais à une femme que son petit nom.

EDMOND GOMBERT. – Edmond.

MADEMOISELLE EURYDICE. – Moi, je m'appelle Eurydice. Edmond, à la bonne heure[3].

EDMOND GOMBERT. – Madame…

MADEMOISELLE EURYDICE. – Je ne suis pas madame.

EDMOND GOMBERT. – Mademoiselle…

MADEMOISELLE EURYDICE. – Je ne suis pas mademoiselle.

EDMOND GOMBERT. – Alors quoi ?

MADEMOISELLE EURYDICE. – Alors quoi ? Eurydice. En a-t-il de l'épaisseur ce garçon ! Eurydice, c'est pourtant

---

1. ***Intrigant*** : manipulateur.
2. ***Lorgnon*** : petite lunette à un seul verre.
3. ***À la bonne heure*** : très bien.

transparent, je crois. Appelez-moi Eurydice. *(Apercevant le métier à dentelle.)* Qu'est-ce que c'est que ce métier-là ?

EDMOND GOMBERT. – Ce métier-là ?...

MADEMOISELLE EURYDICE. – Je veux que vous me disiez ce que c'est que ce métier-là. Tiens, suis-je folle ! Puisque c'est ici que j'ai fait raccommoder mon châle. C'est le métier à dentelle, je sais bien. Mais je ne sais plus ce que je dis. Je bisque[1]. C'est quelqu'un ce métier. Il a l'air de nous examiner.

EDMOND GOMBERT, *à part.* – Je ne voudrais pas que cela durât encore longtemps. J'ai du plaisir à voir cette femme. Tant de plaisir que je souffre ! C'est comme ces fleurs terribles dont le parfum tue.

MADEMOISELLE EURYDICE, *à part.* – Je suis jalouse de ce métier. C'est une femme ce métier-là.

EDMOND GOMBERT. – Madame...

MADEMOISELLE EURYDICE, *l'œil fixé sur le métier.* – C'est une femme aimée.

EDMOND GOMBERT. – Madame...

MADEMOISELLE EURYDICE. – Et vertueuse.

EDMOND GOMBERT. – Mademoiselle...

MADEMOISELLE EURYDICE. – Oh ! j'en suis jalouse. *(Haut.)* Je vous ai dit de m'appeler Eurydice[2]. Edmond, voulez-vous mon bouquet ?

EDMOND GOMBERT. – Votre bouquet !

---

1. ***Je bisque*** : j'enrage (familier).

2. Dans la mythologie antique, *Eurydice* est la jeune fille dont est amoureux le poète Orphée. Il s'agit ici d'un nom de scène.

MADEMOISELLE EURYDICE. – Je vous le donne. Tenez.

EDMOND GOMBERT. – Oh ! Je le conserverai toute ma vie ! *(Il le presse sur son cœur et le met dans le pot à eau.)*

MADEMOISELLE EURYDICE. – Comme il est drôle ! Il le met dans de l'eau. Bon naïf, va ! *(Elle rit.)*

EDMOND GOMBERT. – Est-ce que j'ai fait une bêtise ?

MADEMOISELLE EURYDICE. – Non. Vous êtes gentil. *(Elle lui donne une tape sur la joue.)*

EDMOND GOMBERT, *à part.* – Le fait est que, si je faisais le malheur de devenir amoureux de cette dame-là, cet amour en moi, cela ressemblerait assez à ce bouquet dans cette cruche. Elle doit me prendre pour un imbécile. Il faut pourtant que je lui prouve un peu qu'on est un ouvrier de Paris et qu'on sait se servir de sa langue française. Parbleu, j'ai bien parlé au club[1] de la rue de Charonne. *(Haut.)* Je… Voyez-vous, madame… la première fois qu'il y a eu du bruit dans la rue… non, ce n'est pas ça que je veux dire… voilà, il y a des choses. Pourtant ce ne serait pas moi qui… vous comprenez, mademoiselle.

MADEMOISELLE EURYDICE. – Vous êtes un bon garçon.

EDMOND GOMBERT, *écoutant à la petite porte par où Marcinelle est sortie.* – Ah ! mon Dieu, j'entends qu'on monte. Ce doit être ma femme. Je me sauve. *(À part.)* Tiens, voilà que j'ai peur de ma femme à présent. *(Haut à Eurydice.)* C'est ma femme. Qui revient. Elle est un peu jalouse. Si elle me trouve avec vous, elle me fera une scène. Je m'en vais pour un moment. Je reviendrai. Si elle s'étonne de vous voir là, dites-lui que vous avez trouvé la clef à la

1. ***Club*** : réunion où l'on parle de politique.

porte, que vous êtes entrée, ce que vous voudrez, que vous venez pour le châle. *(Il sort par la porte du fond.)*

EURYDICE, *seule.* – Sa femme. Ce mot dans sa bouche me déplaît. Il n'a pas dit mon épouse. C'est une maîtresse. Bah ! une maîtresse chasse l'autre. – C'est singulier, j'entendais l'autre jour au Théâtre-Français dans une tragédie un vers sur moi. J'aspire à descendre. *(Rêvant.)* À remonter peut-être[1].

La petite porte s'ouvre. Entre Marcinelle.

Scène 3

MADEMOISELLE EURYDICE, MARCINELLE

MARCINELLE, *sans voir Mademoiselle Eurydice. (Elle entre, pose son carton sur la table, et aperçoit le bouquet. Elle y court).* – Un bouquet ! qu'est-ce que ce bouquet-là ? *(Elle le prend et le jette à terre et le pousse du pied, puis prend le balai et le balaie au fond de la chambre.)* C'est fort. Il achète des bouquets pour les femmes du balcon d'en face. C'est clair ! et avec quel argent ? il n'a pas d'argent pour moi. Oh ! je me vengerai ! *(Apercevant Mademoiselle Eurydice.)* Quelle est cette Madame ? Qu'est-ce qu'elle fait là ? *(Haut.)* Comment êtes-vous là, mademoiselle ?

1. Allusion à un vers de la tragédie *Cinna* de Corneille : « Et, monté sur le faîte, il aspire à descendre ». Cette phrase signifie que le personnage (Auguste comme Eurydice), arrivé au plus haut du succès et de la gloire, ressent le besoin d'une vie plus simple et plus humble. Mais plutôt que de « descendre », il s'agit peut-être, pour Eurydice, de « remonter » : d'accéder à une vie qui, au fond, a une plus grande valeur.

MADEMOISELLE EURYDICE. – Pardon, madame, je viens pour le châle de dentelle. J'arrive.

MARCINELLE. – Ah ! le châle. Le voilà. C'est dix francs. Est-ce qu'il n'y avait personne ici ? Est-ce que vous n'avez pas trouvé quelqu'un ?

MADEMOISELLE EURYDICE. – J'ai trouvé la clef à la porte, je suis entrée. Je viens d'entrer.

MARCINELLE, *à part.* – Sorti. Où est-il allé ? et le bouquet ! il faudra que cela s'explique. Oh ! il doit y avoir pour une femme des moyens de faire repentir un homme, je saurai les trouver. C'est bon. Ce sera sa faute. *(Considérant Mademoiselle Eurydice qui, pour se donner une contenance, semble absorbée dans l'examen du châle raccommodé.)* À la bonne heure, voilà une toilette. C'est ce que j'appelle être habillée. Le moyen qu'une femme ne soit pas jolie ! Est-elle jolie celle-là ! *(Haut.)* Madame est-elle satisfaite des réparations ?

MADEMOISELLE EURYDICE. – *(À part.)* Qu'elle est belle dans sa robe de toile. *(Haut.)* Je les admirais. C'est merveilleusement fait. *(Elle regarde fixement Marcinelle.)* Tiens, c'est toi !

MARCINELLE. – Madame...

MADEMOISELLE EURYDICE. – Tu es Marcinelle !

MARCINELLE. – Marcinelle. Oui.

MADEMOISELLE EURYDICE. – Marcinelle Barvin.

MARCINELLE. – Vous me connaissez ?

MADEMOISELLE EURYDICE. – Du lieu les Hupriaux, près Valenciennes.

MARCINELLE. – C'est mon pays[1].

MADEMOISELLE EURYDICE. – Parbleu !

MARCINELLE. – Je ne comprends pas…

MADEMOISELLE EURYDICE, *la regardant entre deux yeux*[2]. – La Gros-Jeanne !

MARCINELLE. – Madame…

MADEMOISELLE EURYDICE. – Je suis la Gros-Jeanne. Tu ne reconnais pas la Gros-Jeanne ? J'en suis des Hupriaux.

MARCINELLE. – Madame…

MADEMOISELLE EURYDICE. – Comment ! tu ne reconnais pas la Gros-Jeanne qui allait pieds nus quand il pleuvait, avec ses sabots à la main pour ne pas les user !

MARCINELLE. – Pas possible. Vous !

MADEMOISELLE EURYDICE. – Moi.

MARCINELLE. – Toi !

MADEMOISELLE EURYDICE. – Moi.

MARCINELLE. – Je vous demande pardon, madame, mais c'est que vous m'avez parlé comme quelqu'un qui me connaîtrait.

MADEMOISELLE EURYDICE. – Mais tutoie-moi donc ! C'est parce que j'ai l'air riche que tu me fais affront[3]. Je te fais l'effet d'être heureuse. C'est ça, on ne reconnaît pas ses amis dans le bonheur. – Cette dentelle-là, si j'avais voulu, je l'aurais raccommodée moi-même. Tout aussi bien

1. ***Mon pays*** : ma région.
2. ***Entre deux yeux*** : droit dans les yeux.
3. ***Affront*** : injure. Eurydice reproche à Marcinelle de la vouvoyer.

que toi. J'en suis, du métier[1]. Parbleu, on met le patron derrière la rangée d'épingles; on ne travaille jamais que quatre fuseaux à la fois; s'il arrive qu'on en prenne huit, on les travaille deux à deux, ce qui fait quatre doubles; on prend les fuseaux dans le tas à droite, on les porte au milieu, on les jette à gauche, on les tord, et l'on continue jusqu'aux deux derniers, en piquant une épingle à chaque point. Autre travail pour le réseau, autre travail pour la bride, autre travail pour la fleur. Pour la Malines, passé l'âge de sept ans on ne peut plus apprendre, on a les doigts trop gros. Dire qu'on passe quelquefois des quinze mois, des vingt mois sur une pièce! On vous donne un poids de fil et il faut rapporter le même poids de dentelle. Quand on pense qu'il y a du fil depuis cent francs jusqu'à dix-huit cents francs! Je savais aussi faire le point d'Alençon; pour celui-là il faut la pince à épiler. Et il y a le tracé, le rempli, la couchure, la bouclure, le point gaze, le levage, l'assemblage, le régalage, l'affiquage. Te rappelles-tu notre curé? Comme il était farce[2]! On l'entendait qui toussait pendant la messe et qui disait : «J'aurais mieux fait de rester dans mon lit à soigner mon asthme.» C'était un bonhomme plein d'amitié. T'a-t-il pris le menton à toi? Il y a d'autres points encore, le mignon, la broche, les picots, est-ce que je sais, suivant le goût du fabricant. Comme c'était amusant la ducasse[3],

1. Pour prouver qu'elle est «du métier» (c'est-à-dire qu'elle fut elle aussi dentellière), Eurydice utilise tout au long de la réplique un langage technique précis, qui n'a pas vocation à être compris en détail par le lecteur ou le spectateur : il s'agit de prouver qu'Eurydice s'y connaît, qu'elle vient bien du même milieu que Marcinelle.

2. ***Farce*** : drôle, ridicule.

3. ***La ducasse*** : la fête (mot picard).

et les querelles des processions à la Fête-Dieu, quand celle des Hupriaux rencontrait celle des Quiévrain sur la grand route de Paris, et que les deux processions se battaient à coups de bannières[1] !

MARCINELLE. – C'est vrai que c'est la Gros-Jeanne !

MADEMOISELLE EURYDICE. – Tu y consens donc ! C'est heureux. Papa, maman, je suis reconnue. On veut bien de moi.

MARCINELLE. – Qu'est-ce que tu es venue faire à Paris ?

MADEMOISELLE EURYDICE. – C'est bien simple. Je suis venue gagner cinquante mille francs par an.

MARCINELLE. – La Gros-Jeanne ! mise comme la duchesse de Berry, en voilà une catastrophe[2] ! Qu'est-ce qu'il t'est donc arrivé ?

MADEMOISELLE EURYDICE. – Rien. Je gagne par an cinquante mille francs.

MARCINELLE. – À quoi faire ?

MADEMOISELLE EURYDICE. – À chanter.

MARCINELLE. – À chanter quoi ?

MADEMOISELLE EURYDICE. – Des chansons.

MARCINELLE. – Quelles chansons ?

MADEMOISELLE EURYDICE. – Nos chansons.

MARCINELLE. – Bah !

MADEMOISELLE EURYDICE. – Et à danser.

MARCINELLE. – À danser quoi ?

MADEMOISELLE EURYDICE. – Des danses.

---

1. ***Bannières*** : étendards, drapeaux.

2. ***Catastrophe*** : dans une tragédie, le dernier rebondissement de l'intrigue, qui amène le dénouement.

MARCINELLE. – Quelles danses ?

MADEMOISELLE EURYDICE. – Nos danses.

MARCINELLE. – C'est pour rire ce que tu dis là.

MADEMOISELLE EURYDICE. – À coup sûr, ce n'est pas pour pleurer.

MARCINELLE. – Nos danses de paysans ! Nos chansons de paysans !

MADEMOISELLE EURYDICE, *chantant.*

La belle, si nous étiomes
  Dedans u' vivier,
La belle, si nous étiomes
  Dedans u' vivier,
  Nous y mettriomes
Des p'tits canards nager.
  Nous y mettriomes
Des p'tits canards nager.
  Nous en mettriomes
  À notre loisir.
  Nique noc nac muche !
  Belle, vous m'avez
T'embarlifi, t'embarlificoté
  De votre beauté.

Elle danse un passe-pied[1]*, puis reprend.*

---

1. ***Passe-pied*** : danse populaire, comme, plus loin, la bourrée, la gigue et le Tyrol.

La belle, si nous étiomes
Dedans u' jardin,
La belle, si nous étiomes
Dedans u' jardin.
Nous y chantriomes
Soire et matin,
Nous y chantriomes
À notre loisir.
Nie nac noc muche !
Belle, vous m'avez
T'embarlifi… t'embarlificoté
De votre beauté.

Elle danse un passe-pied.

Ça vaut cent cinquante francs ce que je viens de faire-là. Cinquante mille francs par an.

MARCINELLE. – Cinquante mille francs !

MADEMOISELLE EURYDICE. – Par an. Je suis chanteuse-danseuse au théâtre Orphée. On m'appelle Eurydice. Je fais frénésie[1] dans le grand monde. Je montre mes bourrées, mes passe-pieds et mes gigues. J'enseigne aux belles dames mes belles manières. Je donne des leçons de coups de talon à celles qui aiment le genre allemand, et des leçons de coups de hanche à celles qui aiment le genre espagnol. Les coups de hanche c'est gai ; les coups de talon c'est mélancolique. Tu sais le Tyrol, coups de talons la la la hou ! Se déhancher, cela n'est pas donné à tout le monde.

1. ***Je fais frénésie*** : j'ai beaucoup de succès.

MARCINELLE, *regardant par la fenêtre.* – Tu es venue dans cet équipage-là ?

MADEMOISELLE EURYDICE. – Oui.

MARCINELLE. – Tu as là une jolie voiture.

MADEMOISELLE EURYDICE. – Elle n'est pas à moi ; mais la veux-tu ?

MARCINELLE. – Comme tu es drôle ! Je ne comprends pas.

MADEMOISELLE EURYDICE. – C'est un huit-ressorts[1]. Il est au petit baron qui est dedans, qui m'a amenée, que tu peux voir assis sur le devant, qui m'attend, qui lit les petites affiches, qui est le petit-fils d'un général tué à Wagram[2]. J'ai un huit-ressorts à moi encore plus chou que le sien. Mais veux-tu cette voiture-ci ?

MARCINELLE. – Je ne comprends pas.

MADEMOISELLE EURYDICE. – Pour commencer, tu peux te contenter de cette voiture-là. La veux-tu ?

MARCINELLE. – C'est une charade[3] que tu me proposes là. Si je veux cette voiture ?...

MADEMOISELLE EURYDICE. – Oui, n'est-ce pas ? Attends. *(Elle se penche à la fenêtre.)* Psitt ! – Monte, baron. *(À Marcinelle.)* Il est très bien. C'est le petit-fils d'un général qui a été tué... où donc déjà ?

MARCINELLE. – Cinquante mille francs.

MADEMOISELLE EURYDICE. – Tu les gagneras quand tu voudras.

---

1. ***Huit-ressorts*** : voiture à chevaux suspendue par huit ressorts.

2. ***Wagram*** : nom d'une bataille que se livrèrent les armées françaises et autrichiennes à Wagram, les 5 et 6 juillet 1809.

3. ***Charade*** : devinette.

MARCINELLE. – Comment cela ?

MADEMOISELLE EURYDICE. – Avec mon répertoire. Tu le sais par cœur. Tu n'as pas oublié nos chansons ? Tu n'as pas oublié nos danses ?

MARCINELLE. – De village ?

MADEMOISELLE EURYDICE. – Sans doute. Danse-les.

MARCINELLE, *l'œil fixé sur le petit placard.* – Je ne danse plus.

MADEMOISELLE EURYDICE. – Chante-les.

MARCINELLE. – Je ne chante plus.

MADEMOISELLE EURYDICE. – Fais-moi donc le plaisir de mettre un peu ce châle que je voie comment il fait. *(Elle ôte à Marcinelle son paletot[1] de toile sous lequel Marcinelle est décolletée. Elle lui jette le châle sur les épaules. Le châle, très ample, couvre entièrement la robe.)* Sais-tu que cela te va fort bien, les châles de dentelles ? *(Marcinelle s'admirant dans le miroir.)* Celui-ci est une bagatelle[2]. Il ne coûte que douze cents francs. *(À part.)* Elle est vraiment très belle. En voilà une qui n'a pas besoin d'un corset de Monsieur Worth[3]. *(Montrant le miroir.)* Tu te regardes dans ça ?

MARCINELLE. – Ne veux-tu pas que j'aie une psyché[4] ?

MADEMOISELLE EURYDICE. – Pourquoi pas ? J'en ai une. – Te souviens-tu ? Autrefois nous nous mirions[5] dans les sources. *(Entre le baron de Gerpivrac. Col[6], lorgnon, larges*

---

1. ***Paletot*** : vêtement qui se porte par-dessus les autres vêtements.
2. ***Bagatelle*** : chose de peu de prix.
3. Charles Worth était un célèbre couturier anglais installé à Paris.
4. ***Psyché*** : grand miroir, que ne peuvent s'offrir que les femmes riches.
5. ***Mirions*** : regardions.
6. ***Col*** : espèce de cravate qui s'attache derrière le cou avec une boucle.

et longs favoris[1] tombants, voile vert au chapeau, stick[2] à la main.)

Scène 4

MADEMOISELLE EURYDICE, MARCINELLE, LE BARON DE GERPIVRAC

Le baron de Gerpivrac laisse derrière lui un groom[3] qu'on aperçoit sur le palier par la porte entrebâillée.

LE BARON DE GERPIVRAC, *entrant le chapeau sur la tête.* – Je vais vous dire, j'ai réfléchi. Voici bien les noms de tous les jockeys actuels. *(Il tire un carnet de sa poche et lit)* : Pratt, Watkins, les deux Grimshaw, Salter, Goater, Jordan, Walter – ne pas confondre avec Salter –, Daley, Covey et Cannon. Eh bien, je suis sûr que Salter est à lord Hastings, et Cannon au duc de Beaufort. C'est Salter qui monte Primate et c'est Cannon qui monte Ceylon. J'aime Primate pour ses jarrets et pour son arrière-train, mais il a des œillères qui m'inspirent peu de confiance dans son caractère. Ma chère, usez-vous de l'amandine ? Je n'ai décidément confiance qu'en l'amandine. La peau est une chose très délicate. L'eau benjoïde est bonne pour parfumer un bain ; le savon au suc de laitue suffit pour les mains, l'althéa convient pour les ongles, mais pour le

1. ***Favoris*** : touffes de barbe portées de chaque côté du visage, de l'oreille au menton.
2. ***Stick*** : canne fabriquée en Grande-Bretagne. L'anglophilie est à la mode dans l'aristocratie, comme le montrent, par la suite, les propos du baron.
3. ***Groom*** : jeune laquais d'écurie.

visage il faut de l'amandine. Cela vaut mieux que tous vos cold-creams[1]. On la délaie dans un peu d'eau tiède, et l'on a une crème blanche agréable à l'œil et à l'odorat. Mais comprenez-vous ce Chantilly[2] ? Tout a manqué. Cette pauvre Piccadilly s'est emballée au départ et est revenue boiteuse. Quand je pense que Charlie Pratt, le grand jockey du siècle, montait Exhibition, et qu'il n'a pas gagné le prix des Étangs, c'est-il Dieu possible[3] ! *(Apercevant Marcinelle.)* Ah ! le beau châle ! *(Il lorgne[4] Marcinelle.)* Jolie fille !

MARCINELLE, *à part.* – Fille ! lui aussi !

Le baron de Gerpivrac salue Marcinelle puis remet son chapeau et le garde.

LE BARON DE GERPIVRAC. – Madame, j'ai bien l'honneur de vous présenter mes très humbles[5].

MARCINELLE, *à part.* – À la bonne heure. Du respect. Ceci me raccommode avec lui.

MADEMOISELLE EURYDICE. – Baron, tu aurais dû attendre que je te présente…

---

1. *L'amandine* est une crème de beauté à base d'amande, l'*eau benjoïde* une huile et l'*althéa* est le nom scientifique de la guimauve. Les *cold-creams* sont des crèmes de beauté. Le baron s'y connaît en produits cosmétiques.

2. ***Chantilly*** : célèbre champ de course.

3. Comme Eurydice utilisait le vocabulaire technique de la couture, comme Gombert celui de la fabrication des éventails, le baron de Gerpivrac, dans les répliques qui suivent, emploie le vocabulaire technique des domaines dont il est spécialiste, la mode et l'équitation, que le spectateur peut identifier même s'il ne connaît pas la signification précise de chaque terme.

4. ***Lorgne*** : regarde à la dérobée.

5. ***Mes très humbles*** : sous-entendu « salutations ».

LE BARON DE GERPIVRAC. – … tasse ; il y a lieu à l'imparfait du subjonctif. Après ça, je n'y tiens pas. *(À Marcinelle.)* Belle dame, les châles ne sont plus de mode, on met des camails. *(À Eurydice.)* Oui, j'eusse dû attendre d'être présenté si nous étions à Chantilly, à la Marche, à la Croix de Berny[1], sur le champ de course, sur le turf[2], c'est-à-dire en Angleterre[3]. Mais ici, pas. Ah ! une chose inouïe. Je viens de voir passer le duc Achille, ce petit, vous savez, avec un parapluie. Il est vrai que ce parapluie est un parangon-fox[4]. Mais c'est égal, le barbarisme[5] y est. Eurydice, je n'aime pas votre hat[6], il coiffe trop ; en promenade, il faut avoir le chapeau matelot avec le chou pareil au chou de la robe. Et puis votre écharpe ne me va pas beaucoup. L'écharpe, au dix-neuvième siècle, doit faire dans le dos une berthe[7] en pointe très large et par devant se croiser en bretelles.

MARCINELLE, *à part.* – Il est charmant. On a beau dire, c'est très joli aux hommes les mains blanches.

LE BARON DE GERPIVRAC. – Ou bien mettez une suédoise[8]. Vous me direz que c'est plutôt d'hiver que d'été, mais je répondrai que c'est l'impératrice elle-même *(il lui parle bas à l'oreille)* qui a mis la suédoise à la mode.

---

1. La *Marche* et la *Croix de Berny* sont des champs de course.
2. ***Turf*** : champ de course (emprunté à l'anglais).
3. La mode des courses de chevaux est d'origine anglaise, et l'Angleterre est réputée pour son élégance.
4. ***Parangon-fox*** : parapluie anglais.
5. ***Barbarisme*** : au sens propre, faute de langue ; ici, faute de goût.
6. ***Hat*** : chapeau, en anglais.
7. ***Berthe*** : sorte de pèlerine, de cape, qui couvre la poitrine et les épaules.
8. ***Suédoise*** : autre type de cape.

MADEMOISELLE EURYDICE. – Gerpivrac, vous vous trompez pour le châle. Un châle de point de Bruxelles est toujours bien porté. Dis donc, baron, tu sais, j'ai des incendiés, des malheureux, je fais une quête, des orphelins, des veuves…

LE BARON DE GERPIVRAC. – Et cætera. Voilà cinq francs.

MADEMOISELLE EURYDICE, *à part.* – Le pauvre ouvrier m'en a donné le double.

LE BARON DE GERPIVRAC. – J'ai vu des soies de saison très légères. Il y a encore le foulard Pongée[1]. Ma chère, on a beau dire, à ce Chantilly, il n'y a eu que trois prix vraiment disputés, le prix de la Pelouse, le prix de Courteuil, et le prix de la Morlaye. J'y songeais tout à l'heure. Ils ont manqué leur course pour poulains et pouliches, j'ajoute que tout ce handicap s'est fait au hasard. On a laissé courir les premiers venus. On ne naît pas cavalier, savez-vous. Il est plus aisé de naître prince que de naître jockey. Un vrai jockey est un chef-d'œuvre. On ne s'improvise pas écuyer. Je ne suis pas pour les sauvageons. Il y a des connaissances nécessaires. Boire est une science, fumer est un talent, courir est une prédestination. Je veux qu'une intelligence soit cultivée. Le jour où j'ai su distinguer les vins de Savoie au goût de framboise, les vins de Moselle au goût de violette et les crus de Montélimar au goût de nougat, je me suis senti un homme. Je vous recommande les soieries Pongée. Savez-vous pour le chez-soi, ce qui est supérieur ? C'est une robe de chambre de cachemire à bandes pékin séparées par une raie d'or, avec revers

1. ***Foulard Pongée*** : foulard en soie Pongée, un tissu particulièrement luxueux.

en taffetas iris et la casaque à pans droits. Par exemple, n'achetez vos foulards qu'à la Malle des Indes[1].

MARCINELLE, *à part.* – Au moins celui-ci ne parle pas politique.

MADEMOISELLE EURYDICE, *à part.* – Ce n'est pas une tête, c'est un grelot[2]. Quel sot ! et il faut lui faire bon visage[3]. Ces êtres nous mettent à la mode, et nous en ôtent. Notre succès dépend d'eux. Il faut leur plaire. Tristes femmes joyeuses que nous sommes ! être condamnées au sourire forcé à perpétuité !

LE BARON DE GERPIVRAC. – Un détail, Eurydice. Vous savez, ce gros banquier du pape, le marquis Guzzi, se marie. Il épouse un grand nom, Mademoiselle d'Humières-Lauraguais, seize ans, jolie, pas le sou. Il a vingt millions.

MADEMOISELLE EURYDICE. – Il se marie à cette fleur, lui, ce Guzzi, ce monstre de laideur !

LE BARON DE GERPIVRAC. – Pourquoi pas ? les monstres peuvent ne pas être célibataires. Il y a dans le récit de Théramène des détails qui semblent indiquer que le monstre est marié[4]. *(Apercevant le bouquet à terre.)* Voilà le cas que vous faites[5] de mon bouquet.

MADEMOISELLE EURYDICE. – Eh bien, il est tombé quoi.

---

1. Nom fictif qui évoque un magasin spécialisé dans la vente de soie importée d'Inde ou de Chine.
2. Un grelot est creux.
3. ***Bon visage*** : bonne impression.
4. Théramène est un des personnages de *Phèdre*, tragédie de Racine. Le monstre dont il est question ici est un être marin envoyé par Neptune dont le front est orné de cornes... comme les maris trompés !
5. ***Le cas que vous faites*** : la valeur que vous accordez.

MARCINELLE, *à part.* – Tiens, tiens, tiens, c'est son bouquet à lui, c'est son bouquet à elle. Quel mic-mac[1] y a-t-il là-dessous ? Si je lui prenais son baron ? Je ferais d'une pierre deux coups. Cela ricocherait de mon infidèle à cette perfide. Monsieur mon mari, s'il y a des hommes qui ont des maîtresses, il y a des femmes qui ont des amants.

LE BARON DE GERPIVRAC. – Tombé, oui. Comme il vous plaira, Eurydice. Et à propos de chute, je l'ai échappé belle l'autre jour. Nous avons fait chez le nouveau prince russe, – tu sais, un Koff quelconque, le prince russe de cette année, la mode change de prince russe tous les ans, – nous avons fait chez le Koff, dans son parc loué au mois, un petit derby[2] d'amitié. Je montais ma jument Quatre fers en l'air. Ce nom a failli me porter malheur. Je m'en suis tiré pourtant, j'ai sauté les deux palissades, une de cinq pieds, une de sept, plus le fossé et la banquette irlandaise, douze pieds de haut, ma chère.

MADEMOISELLE EURYDICE. – Oh ! douze pieds !

LE BARON DE GERPIVRAC. – Vous ne comprenez pas cela, vous femmes. C'est de la haute…

MADEMOISELLE EURYDICE. – Garonne.

LE BARON DE GERPIVRAC. – Vous êtes taquine, Eurydice. Vous avez l'air de m'en vouloir. Mais je devine pourquoi. Tenez, voilà vos vingt louis !

MADEMOISELLE EURYDICE. – Quels vingt louis ?

LE BARON DE GERPIVRAC. – Ne m'avez-vous pas l'autre jour demandé vingt louis ?

---

1. ***Mic-mac*** : intrigue secrète (familier).
2. ***Derby*** : course de cheval.

MADEMOISELLE EURYDICE. – Je ne sais pas.

LE BARON DE GERPIVRAC. – Ni moi non plus. Les voilà tout de même.

MADEMOISELLE EURYDICE. – Tiens, votre or sent bon.

LE BARON DE GERPIVRAC. – Mon or passe la nuit dans de l'eau de Cologne.

MADEMOISELLE EURYDICE. – Je prends les vingt louis, ce sera pour mes incendiés.

LE BARON DE GERPIVRAC. – Oh non ! par exemple, non.

MADEMOISELLE EURYDICE. – Pourquoi ?

LE BARON DE GERPIVRAC. – Ce serait une bonne action.

MADEMOISELLE EURYDICE. – Eh bien ?

LE BARON DE GERPIVRAC. – Je ne fais pas de bonnes actions. Les bonnes actions empêchent de gagner au jeu. Ça, ça a été observé.

MADEMOISELLE EURYDICE. – Vous avez peur d'une bonne action ? où est le mal d'une bonne action ?

LE BARON DE GERPIVRAC. – Le mal, le voilà. Cela porte malheur au trente et quarante. Sans ça, j'en ferais des bonnes actions, je ne suis pas méchant.

MADEMOISELLE EURYDICE. – Mais vous m'avez donné cinq francs tout à l'heure.

LE BARON DE GERPIVRAC. – Parce que j'avais l'ennui d'avoir sur moi une pièce de cent sous. Donner une pièce de cent sous, ce n'est pas faire une bonne action, c'est s'ôter une malpropreté de la poche.

MADEMOISELLE EURYDICE. – Soit.

© Enguerand CDDS

■ Le baron de Gerpivrac (Gaétan Aubry) et Mademoiselle Eurydice (Fabienne Vette) richement vêtus dans une mise en scène de Marion Carroz en 2009.

LE BARON DE GERPIVRAC. – Chaque époque a ses talents. Notre talent à nous n'est pas la bienfaisance. Il y a des temps de sensiblerie. Nous sommes plus sérieux. Nous voulons savoir ce qu'une chose rapporte. Les idées gothiques[1] sont les idées gothiques. Je ne suis pas forcé de m'apitoyer sur les enfants trouvés comme saint Vincent de Paul[2] et de prendre à propos de tout des poses sentimentales comme mon arrière-grand-mère qui était coiffée à l'Iris pleine et qui portait un chapeau à la Colinette galante. Nous ne valons peut-être pas mieux mais nous sommes autres. Nous avons nos aptitudes. Tenez, moi, donnez-moi du coton blanc, de l'estramadure numéros quatre et cinq et du coton rouge à marquer, et je vais vous faire une bavette[3] au crochet. Mais j'ai mes superstitions.

MADEMOISELLE EURYDICE. – N'en parlons plus. J'écrirai sur ma liste : dix francs d'un ouvrier, cinq francs d'un baron.

LE BARON DE GERPIVRAC. – Vous savez donc écrire, Eurydice ?

MADEMOISELLE EURYDICE. – Pourquoi pas ? Vous savez bien faire une bavette au crochet.

LE BARON DE GERPIVRAC. – Ma chère, nos aïeux, les colonels d'il y a cent ans, brodaient au plumetis.

MADEMOISELLE EURYDICE. – Mais, par-dessus le marché, ils gagnaient la bataille de Fontenoy[4].

---

1. ***Gothiques*** : passées de mode.
2. Vincent de Paul était un prêtre catholique français renommé pour sa charité, notamment envers les orphelins.
3. ***Bavette*** : pièce de toile qu'on accroche au cou des enfants.
4. ***Bataille de Fontenoy*** : bataille du 11 mai 1745 durant laquelle s'affrontèrent les Français et les Anglais.

LE BARON DE GERPIVRAC, *à part*. – J'en ai assez de l'Eurydice. Nous avons trop fait son éducation. Elle commence à avoir de l'esprit. C'est ennuyeux. Au fond c'est une rouge[1], cette fille-là. Elle a des mots de démagogue[2]. Oh ! si j'étais le gouvernement, comme je te vous supprimerais la liberté de la presse ! Cette Eurydice, ça fait de l'opposition ! *(Regardant Marcinelle.)* En voilà une toute neuve. Si je plantais là la vieille ? Cette petite m'irait. *(S'approchant de Marcinelle.)* Ce châle a un défaut.

MARCINELLE. – Lequel ?

LE BARON DE GERPIVRAC. – Il cache des épaules…

MARCINELLE, *rose*. – Monsieur !

LE BARON DE GERPIVRAC. – Les plus belles du monde.

MARCINELLE, *remontant le châle*. – Monsieur !

Le châle en remontant laisse voir le bas de la robe.

LE BARON DE GERPIVRAC, à part. – Une robe de toile ! Sous un châle de cinquante livres sterling, une jupe de six pence[3] ! C'est une ouvrière. Eurydice lui faisait essayer le châle. C'est ignorant, c'est primitif, c'est niais. Je sens que j'en deviens amoureux. *(Tout en se regardant au miroir.)* Dans un ménage d'amour la femme doit avoir la beauté et l'homme l'esprit. Nous pouvons faire couple. Ce n'est pas que je sois laid pourtant. *(Haut.)* Eurydice, vous qui vous occupez de politique, qu'y a-t-il de nouveau ? Avons-nous la paix ? Avons-nous la guerre ?

---

1. ***Une rouge*** : une révolutionnaire.

2. ***Démagogue*** : au XIXe siècle, chef d'une faction populaire, qui soutient les intérêts du peuple.

3. La *livre sterling* et les *pence* sont des monnaies anglaises.

MADEMOISELLE EURYDICE. – Le Lyon a fléchi; le comptoir est descendu à six cent soixante-quinze; le Foncier se maintient à onze cent trente-cinq. On dit le Stock-Échange en liquidation[1].

LE BARON DE GERPIVRAC, *à Marcinelle*. – Mettez-moi à ce petit pied-là une fine bottine écuyère en cuir de Russie, un bas de soie blanc, ayez une jupe de crêpe indou nuance perle, avec des poches de taffetas bleu Léman, et un habit garde-française en fil de chèvre blanc, avec gilet en taffetas et ceinture en maroquin havane cloutée d'argent mat, vous êtes un bijou, vous serez une merveille.

MARCINELLE, *à part*. – La tête me tourne. Comme on parle bien dans ce monde-là! Je ne saisis pas le sens des paroles, mais il me semble que j'entends de la musique.

MADEMOISELLE EURYDICE, *bas à Marcinelle*. – Tu sais. Le huit-ressorts est à toi.

MARCINELLE, *bas*. – Que veux-tu dire?

MADEMOISELLE EURYDICE, *bas*. – Ne te gêne pas. Le baron te fait l'œil[2]. Enlève-le.

MARCINELLE, *bas*. – Ce monsieur…

MADEMOISELLE EURYDICE, *bas*. – Eh bien! c'est mon baron. C'est-à-dire que je suis plutôt sa baronnie[3] que sa baronne. On demande : baron de quoi? et l'on répond baron de Mademoiselle Eurydice. En veux-tu? tu en veux. Prends-le. Je te le donne. *(À part.)* Je ne demande pas mieux que de changer avec elle. La blouse de l'autre me va.

---

1. Eurydice donne des nouvelles des cours de la Bourse : c'est le début d'une crise financière.

2. ***Te fait l'œil*** : cherche à te séduire.

3. ***Baronnie*** : propriété d'un baron, à laquelle son titre est attaché.

MARCINELLE, *à part.* – Oh ! il me passe de mauvaises pensées dans l'esprit.

LE BARON DE GERPIVRAC. – À Bade[1], il y a à la porte du Kursaal un tronc[2] pour les pauvres. On joue des millions et savez-vous ce qu'on trouve à la fin de la saison dans la boîte aux indigents[3], dans la boîte de la bienfaisance ? Sept francs cinquante. Oh ! les joueurs savent leur affaire, allez. On ne va pas à la roulette pour gagner le prix Montyon. Eurydice si vous allez à Bade, il vous faut une casquette Hust.

MARCINELLE, *à part.* – J'ai peur. J'ai envie. C'est une chose terrible de sentir glisser sa conscience. *(Elle tombe dans une profonde rêverie.)*

MADEMOISELLE EURYDICE, *bas à Marcinelle.* – Il est amoureux fou de toi, je m'y connais. *(À part.)* Si elle quitte sa place, je la prends, j'ai un caprice[4] de grenier. L'air où je suis m'est de plus en plus irrespirable. Elle est dans le vrai de la vie, elle. Oh ! j'ai envie de son bonnet rond, de sa robe d'indienne, de ses doigts piqués par l'aiguille, de sa journée de travail, de son front candide[5], de sa pauvreté. Oh ! l'amour, aimer, être aimée, être libre, sans le sou, quel idéal ! On est fidèle à son ouvrier. Redevenir fidèle, c'est redevenir vertueuse.

---

1. ***Bade*** : ancien nom de Baden-Baden, ville allemande. Au XIXe siècle, sa station thermale et son casino étaient fort appréciés du grand monde.
2. ***Tronc*** : boîte munie d'une fente placée à l'entrée d'une église et qui sert à recueillir les aumônes, les dons faits pour les pauvres.
3. ***Indigents*** : pauvres.
4. ***Un caprice*** : une envie folle.
5. ***Candide*** : innocent.

LE BARON DE GERPIVRAC. – À quoi pensez-vous donc, Eurydice ?

MADEMOISELLE EURYDICE. – À vous.

LE BARON DE GERPIVRAC, *à part.* – Pauvre Eurydice ! Elle est éperdue de moi, mais je la lâche. Tant pis pour elle !

MADEMOISELLE EURYDICE. – Hé ! à propos. Ma répétition ! j'oubliais. C'est pour midi. J'allais manquer ma répétition. Quelle heure est-il ? As-tu ta montre de courses, baron ?

LE BARON DE GERPIVRAC. – Ma montre en bois ? oui. Il n'y a que celles-là qui vont bien. Onze heures trente-cinq.

MADEMOISELLE EURYDICE. – Dardar[1]. Partons. Je serais à l'amende[2]. Tu me mènes, baron.

MARCINELLE, *ôtant le châle et le lui présentant.* – Et ton châle ?

MADEMOISELLE EURYDICE. – C'est juste. *(Appelant.)* Jill ! *(Le groom, qui est resté sur le palier, entr'ouvrant la porte, elle lui jette le châle.)* Porte cela dans la voiture. *(Le groom emporte le châle.)*

LE BARON DE GERPIVRAC, *à Marcinelle décolletée.* – Oh ! restez femme. Ne devenez jamais ange. Quel dommage si vous aviez des ailes ! on ne verrait plus ces épaules-là.

MARCINELLE, *à part.* – Ô mon Dieu ! c'est vrai. Mon paletot ! *(Elle remet en hâte son paletot.)*

LE BARON DE GERPIVRAC. – Nuage sur l'astre.

---

1. ***Dardar*** : dépêchons-nous (familier).
2. ***Je serais à l'amende*** : je commettrais une faute.

MADEMOISELLE EURYDICE, *à Marcinelle*. – De quoi as-tu peur ? tu n'es donc jamais allée au bal ? *(À part.)* Quelle égérie[1] ! *(Haut au baron de Gerpivrac.)* Vous êtes lyrique, baron. *(À part.)* On a beau ne pas tenir à ces imbéciles-là, on aime autant que devant vous ils ne disent pas de fadaises à d'autres. *(Haut.)* Au revoir, Marcinelle.

MARCINELLE. – Tu t'en vas ?

MADEMOISELLE EURYDICE. – Et au galop encore.

MARCINELLE. – Mon mari va rentrer. Tu n'attends pas mon mari ?

MADEMOISELLE EURYDICE. – Tu es mariée !

MARCINELLE. – Tu le sais bien, puisque tu as donné ton bouquet à mon mari.

MADEMOISELLE EURYDICE. – Es-tu bête d'être mariée ! légitimement mariée ! est-ce possible. Au reste, cela n'empêche pas. Monsieur le baron de Gerpivrac, saluez madame, et venez me rejoindre. Je cours devant. Il ne s'agit pas de manquer mon entrée. Dites adieu. *(Elle sort.)*

Marcinelle et le baron de Gerpivrac restent seuls.

LE BARON DE GERPIVRAC, *à Marcinelle.* – Pas d'adieu. Je reviendrai.

MARCINELLE. – Monsieur.

LE BARON DE GERPIVRAC. – Vous êtes adorable. Je vous adore. J'ai deux cent mille francs de rente. Je reviendrai.

MARCINELLE. – Monsieur…

LE BARON DE GERPIVRAC. – Si vous me permettez de revenir, je vais repasser tout à l'heure dans la rue, laissez votre

1. ***Égérie*** : femme dont la beauté inspire un artiste.

fenêtre ouverte, cela voudra dire oui. *(Il sort laissant la porte du fond entrebâillée. On voit le palier de l'escalier. Un moment après qu'il a disparu, paraît Edmond Gombert qui se penche sur la rampe avant d'entrer et paraît regarder dans l'escalier.)*

MARCINELLE, *seule.* – Il m'a dit de laisser ma fenêtre ouverte. Je tremble. Je n'ai rien fait encore, mais je pense. Penser, c'est horrible. Ma fenêtre ouverte, cela voudra dire oui. En avant de moi, ce luxe qui m'entraîne. En arrière, la jalousie qui me pousse. Je me sens tirée comme par une main redoutable. Mon pauvre Edmond ! Mais je l'aime pourtant. C'est lui que j'aime. Oh ! Qui viendra à mon secours. *(Edmond Gombert entre.)*

Scène 5

MARCINELLE, EDMOND GOMBERT

EDMOND GOMBERT. – Qu'est-ce que c'est que ce flâneur[1]-là ?

MARCINELLE. – Ah ! C'est vous ! il y a des bouquets donc ! il paraît qu'il y a des bouquets.

EDMOND GOMBERT. – Est-ce qu'il sort d'ici, ce galopin[2] ?

MARCINELLE, *montrant le bouquet sous le balai dans le coin de la cheminée.* – Voilà ce que j'en fais de vos bouquets. Regardez où je les mets, vos bouquets.

---

1. ***Flâneur*** : qui se promène sans but.
2. ***Galopin*** : homme quelconque (péjoratif).

© Bernard Michel PALAZON CDDS Enguerand

■ Marcinelle (Coraly Zahonero), mise en valeur par son châle brodé, attire l'attention du baron de Gerpivrac (Jacques Sereys) sous les yeux de Mademoiselle Eurydice (Céline Samie) dans une mise en scène de Bénédicte Ardiley à la Comédie-Française en 1996.

EDMOND GOMBERT. – Ce doit être un marquis, ce voyou. Je vous demande si c'est de votre chambre que sort ce muscadin[1].

MARCINELLE. – Oui. C'est l'amant de votre maîtresse.

EDMOND GOMBERT. – De ma maîtresse ?

MARCINELLE. – De la Gros-Jeanne !

EDMOND GOMBERT. – Gros-Jeanne !

MARCINELLE. – De Mademoiselle Eurydice !

EDMOND GOMBERT. – Eurydice ?

MARCINELLE. – De la chanteuse, de la paysanne, de la mijaurée[2], de la maflue[3], de la femme au bouquet, de cette créature !

EDMOND GOMBERT. – Me direz-vous ce qu'est venu faire ce petit monsieur ici, à la fin !

MARCINELLE. – Mais j'ai un balai, moi.

EDMOND GOMBERT. – Je veux savoir…

MARCINELLE. – Je balaye ma chambre. Tant pis pour les choses qui y sont et qui ne doivent pas y être.

EDMOND GOMBERT. – Cet homme était chez vous. Vous m'expliquerez…

MARCINELLE. – On rentre tranquillement avec son carton, après avoir porté son ouvrage où on a passé des nuits, on ne s'attend à rien. Ah ! j'en suis revenue, allez, des bêtises et de la confiance ! Aimez donc un homme, donnez votre

---

1. ***Muscadin*** : surnom donné, sous le Directoire (1794-1799), aux jeunes royalistes particulièrement soucieux de leur élégance.
2. ***Mijaurée*** : prétentieuse.
3. ***Maflue*** : femme aux grosses joues.

jeunesse, et voilà à quoi aboutissent toutes les choses qu'on avait dans le cœur, à trouver des bouquets chez soi. – Bien soigneusement dans de l'eau. – Ah mon Dieu, il va se faner, prenez donc garde. Le bouquet d'une toupie[1] ! Soyez donc honnête femme ! Oui je suis honnête femme, *(Elle va à la fenêtre et la ferme.)* et je vous demande un peu à quoi ça sert d'être pauvre, et de manger du pain sec, et de n'avoir pas de souliers aux pieds, pour qu'un homme vous joue de ces tours-là et fasse la bouche en cœur à toutes les passantes, et ne sache pas résister à un bouquet dans les pattes d'une drôlesse ! En entrant, j'ai dit : il y a quelque chose qui sent mauvais ici. Qu'est-ce qui pue donc comme cela ? *(Montrant le bouquet.)* C'était cette marchandise du quai aux Fleurs. Je n'expliquerai rien. Une femme vient ici pour le châle de dentelle. Elle a son monsieur[2] avec elle. Elle le fait monter. Est-ce que cela me regarde ? Elle a l'air d'en être amoureuse folle de son monsieur, votre madame.

EDMOND GOMBERT. – Benjamin Constant[3] avait raison de dire aux Bourbons : Ça finira mal. Ah ! les riches ne veulent pas laisser les pauvres en paix. Est-ce que nous sommes encore dans la féodalité par hasard ? Le droit du seigneur[4]. C'est un seigneur ce petit. Ah ! vous venez chez nous, messieurs. Eh bien, on en fera des barricades ! la révolution sera terrible. Je comprends les journées de

1. ***Toupie*** : en argot, femme de mauvaises mœurs.
2. ***Son monsieur*** : l'aristocrate qui l'entretient.
3. ***Benjamin Constant*** (1767-1830) : écrivain et homme politique républicain.
4. ***Le droit du seigneur*** : privilège que le système féodal aurait accordé aux seigneurs en leur donnant le droit d'avoir des relations sexuelles avec les femmes de leurs vassaux.

septembre[1]. Croyez ce que vous voudrez, madame, cela m'est égal. Est-ce que je suis responsable des bouquets des personnes ? Une femme a un bouquet, il y a là le pot-à-l'eau. Est-ce que je peux empêcher le pot-à-l'eau d'être là ? Apprenez, mesdames, que ça ne dure pas longtemps sur nous autres vos effets de belles jupes, de plumes, de velours, de bijoux, de chiffons, que nous savons ce que cela nous coûte, et que, si ce n'est pas nous qui les donnons, c'est nous qui les payons, apprenez que nos ivresses mauvaises, quand nous en avons, ne sont pas longues, et que ce qu'il y a de plus éblouissant pour moi, c'est la femme belle et pauvre, c'est l'honnêteté, le courage, les privations endurées à deux, la robe indigente, les doigts durcis à l'ouvrage, les yeux rougis par le travail ! Maintenant parce que madame est en colère, il faut que je sois petit garçon, et que je mette les pouces[2], et que je sois ridicule, et que je raconte l'histoire d'un bouquet. Est-ce qu'il y a un bouquet ? Laissez-moi tranquille. Tenez, séparons-nous.

MARCINELLE. – Oui, séparons-nous. Vous le dites avant moi, mais je le pensais avant vous.

EDMOND GOMBERT. – J'entends ne pas coucher ici ce soir.

MARCINELLE. – Partageons ce que nous avons, et allons-nous-en chacun de notre côté.

EDMOND GOMBERT. – Restez ici. Je m'en irai.

---

1. ***Journées de septembre*** : lors de l'invasion de la France par les prussiens, il y eut des massacres de prisonniers politiques du 2 au 5 septembre 1792.
2. ***Que je mette les pouces*** : que je cède.

MARCINELLE. – Alors tout de suite.

EDMOND GOMBERT. – Tout de suite.

MARCINELLE. – Et que ce soit irrévocable. Que ce soit pour de bon.

EDMOND GOMBERT. – Séparation à jamais. Entendez-vous ?

MARCINELLE. – Je l'espère bien…

EDMOND GOMBERT. – Faisons le partage.

MARCINELLE. – Mon avoir[1] n'est pas lourd, et le partage ne sera pas long.

EDMOND GOMBERT. – Chacun sa moitié. Gardez ce qui est à vous, je prendrai ce qui est à moi. Le commissionnaire[2] du coin est là, avec ses crochets[3] et sa charrette. Il emportera mon déménagement.

MARCINELLE. – C'est dit.

EDMOND GOMBERT. – Et ne vous imaginez pas que je reviendrai. Dans une demi-heure ce sera fini.

MARCINELLE. – Dans dix minutes.

EDMOND GOMBERT. – Cinq s'il est possible. Vite.

MARCINELLE. – Partageons.

EDMOND GOMBERT. – Partageons.

MARCINELLE, *procédant au partage du mobilier*. – Deux chaises. Une dépaillée[4].

EDMOND GOMBERT. – Pour moi.

---

1. ***Mon avoir*** : mes biens.
2. ***Commissionnaire*** : homme chargé de transporter des marchandises.
3. Les *crochets* servent à retenir les paquets sur la charrette.
4. ***Dépaillée*** : dont la paille est usée.

Il prend la chaise dépaillée.

MARCINELLE, *défaisant le buffet à la vaisselle.* – Trois assiettes pour vous. Trois pour moi. *(Il pose les assiettes sur la chaise dépaillée. Elle met les siennes dans la cheminée. Chacun dans le partage fait son lot de son côté.)*

MARCINELLE. – Votre fourchette, votre couteau. *(Elle les lui remet.)* Voici les miens. Il n'y a qu'un verre.

EDMOND GOMBERT. – Gardez-le.

MARCINELLE. – Il n'y a qu'une table et qu'un miroir.

EDMOND GOMBERT. – Je prends la table. Prenez le miroir.

Il range la table près de la chaise. Elle décroche le miroir et le met contre la cheminée. Marcinelle ouvre la commode et vide les tiroirs. Elle fait deux paquets.

MARCINELLE. – Ce paquet est votre linge. Prenez.

EDMOND GOMBERT, *lui montrant l'autre paquet.* – Ceci est le vôtre ?

MARCINELLE. – Oui.

EDMOND GOMBERT. – Bien.

MARCINELLE. – Voilà vos outils. *(Il entasse les outils près de la chaise.)* – Voici mon métier. *(Elle place son métier près de son paquet de linge.)*

Marcinelle ouvre le placard et en tire une petite robe blanche à brassières de dentelles.

MARCINELLE. – Pour moi.

EDMOND GOMBERT. – Non ! pour moi.

Il saisit un des bras de la robe. Elle retient l'autre.

MARCINELLE. – Ne tirez pas. Vous allez la déchirer.

EDMOND GOMBERT. – Je la prends.

MARCINELLE. – Je la garde.

EDMOND GOMBERT, *lâchant la robe.* – Eh bien, oui. Garde-la. Je m'en vais tout seul. Elle te fera penser à moi.

MARCINELLE. – Non alors. Prends-la, toi. Emporte-la. Je te la donne. Elle t'empêchera de m'oublier.

EDMOND GOMBERT. – Va, garde-la.

MARCINELLE. – Emporte-la, te dis-je.

EDMOND GOMBERT. – Il y aurait un moyen que tu la gardes et que je l'aie.

MARCINELLE. – Lequel ?

EDMOND GOMBERT. – Restons ensemble, ne nous séparons pas, ne nous quittons jamais. Marcinelle !

MARCINELLE. – Edmond !

EDMOND GOMBERT. – Aimons-nous ! Veux-tu ?

MARCINELLE. – Tu vois bien que la petite le veut.

Ils tombent dans les bras l'un de l'autre, la petite robe serrée entre leurs deux poitrines.

La Grand'Mère

Comédie

PERSONNAGES

SOPHIE DE HANOVRE, *margrave*[1] *de Bareuth*
LE DUC CHARLES
EMMA GEMMA
HERR[2] GROOT, *autorité*
CÉCILE, *sept ans*
CHARLES, *six ans*
ADÈLE, *un an*
UN SERGENT
BOURGEOIS ET PAYSANS

Un bois, l'été, en Allemagne.

Une forêt. Une maison dans une clairière. Un petit étang. Un saule. De grands arbres. Au fond, sur une colline à travers les branches, les vieux toits et les hautes fenêtres d'un château. La maison, presque enfouie dans le lierre[3]*, n'a qu'un étage, les fenêtres sont ouvertes, on voit dedans. Intérieur humble et propre. Rideaux blancs. Un oiseau dans une cage. Devant la maison, un petit jardin, un banc d'herbe, une table avec tiroirs. Sur la table, quelques livres, une carafe pleine d'eau et un verre. Une haie basse entoure le jardin. Au lever du rideau, il n'y a personne dans la maison.*

---

1. ***Margrave*** : titre que portent les princes régnants en Allemagne. Bareuth (en réalité Bayreuth) est une ville d'Allemagne.
2. ***Herr*** : monsieur, en allemand.
3. ***Lierre*** : plante grimpante dont les feuilles recouvrent les murs des maisons.

Scène première

UN GROUPE, PAYSANS, BOURGEOIS

QUELQU'UN DU GROUPE, UN BOURGEOIS

L'homme qui loge ici, le connaissez-vous ?

UN PAYSAN

Non.

DEUXIÈME PAYSAN

Il ne parle à personne.

UN AUTRE PAYSAN

On ne sait pas son nom.

LE BOURGEOIS

La maison est d'aspect pauvre.

UN DEUXIÈME BOURGEOIS

Je le suppose

Sans le sou.

LE PREMIER

Quel métier fait-il ?

LE DEUXIÈME PAYSAN

La seule chose

Qu'on sache, c'est qu'il est tout seul, et qu'il vit là.

LE BOURGEOIS

Seul ?

LE PAYSAN

Avec une femme et trois petits qu'il a.

LE BOURGEOIS

Diable !

LE DEUXIÈME BOURGEOIS

Il me fait l'effet d'un fou.

LE PREMIER

L'affaire est sûre !
Venir dans ce désert louer cette masure !

LE DEUXIÈME

Je soupçonne qu'il doit peu payer son loyer.

LE PREMIER

C'est quelque mauvais gueux sans gîte et sans foyer.

UN PAYSAN

Des fois, la nuit, de loin, je le vois qui regarde
Les étoiles qui sont dans le ciel.

DEUXIÈME PAYSAN

Prenons garde.
Ça, c'est très dangereux.

TROISIÈME PAYSAN

Ça peut porter malheur.

QUATRIÈME PAYSAN

Si nous le dénoncions ?

LE PREMIER BOURGEOIS

Ce doit être un voleur.

Scène 2

LA MARGRAVE, HERR GROOT

HERR GROOT

Évanouissez-vous[1], gens de peu[2] ! Quelqu'un passe.

Les bourgeois et les paysans sortent et se dispersent. À la Margrave.

C'est ici.

LA MARGRAVE, *la canne à la main, examinant la maison*

La cahute[3] est misérable et basse.

HERR GROOT

J'attends vos ordres.

LA MARGRAVE

Moi, bonhomme, vos conseils.

HERR GROOT

L'histoire d'Angleterre offre deux cas pareils[4].
Jacques, duc de Grafton, fut l'amant d'une fille
Bourgeoise[5], et de fort basse et petite famille,
Qui semblait l'adorer, c'est toujours comme ça ;
Il en eut des enfants, madame ; il la chassa ;
Ce fut très bien.

LA MARGRAVE

Ce duc me plaît.

---

1. ***Évanouissez-vous*** : disparaissez.
2. ***Gens de peu*** : gens du peuple, sans titre de noblesse ni fortune.
3. ***Cahute*** : maison très modeste.
4. ***Deux cas pareils*** : Pareils à celui de Charles, le propre fils de la margrave, qui est tombé amoureux d'une fille du peuple, Emma Gemma.
5. ***Bourgeoise*** : qui n'est pas noble.

HERR GROOT

Page suivante :
George[1], duc de Bedfort, s'éprit d'une servante ;
Il en eut des enfants, si bien qu'on jasa[2] d'eux ;
Il l'épousa ; ce fut très bien.

LA MARGRAVE

Très bien tous deux ?

HERR GROOT

Oui.

LA MARGRAVE

Mais, ayant suivi la conduite contraire,
L'un blâme et dément l'autre[3] ; on ne peut se soustraire
À ceci que l'un d'eux fut aveugle, caduc,
Inepte, absurde !

HERR GROOT

Il est difficile qu'un duc
Se trompe.

LA MARGRAVE

Il faut que l'un ou que l'autre radote[4].
Jacques chasse Goton, George épouse Phlipote[5] ;
Si Jacque a bien fait, George a mal fait, et Bedfort
Ne peut avoir raison sans que Grafton ait tort.

---

1. ***George*** : licence poétique. De même, on trouve dans la pièce « Jacque » et « Charle ».

2. ***On jasa d'eux*** : on parla, des ragots coururent sur leur amour secret.

3. ***L'un blâme et dément l'autre*** : un des deux exemples de conduite condamne l'autre et montre qu'il est mauvais.

4. ***Radote*** : dise des choses sans raison.

5. ***Goton, Philipote*** : noms qui ressemblent à des surnoms populaires désignant les filles du peuple dont s'éprirent les ducs cités en exemple par Herr Groot.

HERR GROOT

Madame la duchesse a raison.

LA MARGRAVE

Sur quoi, maître ?

HERR GROOT

Étant duchesse, aux ducs vous devez vous connaître.
Votre Grâce ne peut mal raisonner.

LA MARGRAVE

Alors
Si je raisonne bien, lequel de ces deux lords[1]
A bien agi ? Parlez.

HERR GROOT

Celui que votre Grâce[2]
Approuve.

LA MARGRAVE

Les Anglais ne sont pas de ma race.
Ils sont anglais, et nous allemands ; laissons-les.

HERR GROOT

Votre oncle l'électeur de Hanovre est anglais.

LA MARGRAVE

Je suis margrave en Prusse et duchesse en Hanovre ;
Mais je n'ai rien d'anglais. Passons. – Donc il[3] est pauvre !

HERR GROOT

Très pauvre.

LA MARGRAVE

En vérité, c'est monstrueux.

---

1. ***Lords*** : seigneurs, en anglais.
2. ***Votre Grâce*** : la margrave.
3. ***Il*** : Charles, le fils de la margrave.

HERR GROOT

Je crois
Qu'étant savant, il fait des herbiers[1] dans les bois.
Il doit avoir un peu d'argent caché, qu'il mange[2].

LA MARGRAVE

Voyons, comprenez-moi, c'est une histoire étrange.
Mon fils Charle est proscrit[3]. Le chef de ma maison,
L'empereur, a banni mon fils, avec raison.
Je le cherche. Voilà dix ans qu'il se dérobe[4].
Cet enfant, qui jadis[5] ne quittait pas ma robe,
Et que j'avais toujours près de moi, maintenant
De fils s'est fait rebelle, et de prince manant[6].
J'enrageais. Je le hais de braver[7] ma puissance.
L'autre jour tout à coup j'eus vent[8] de sa présence
Dans un pays à moi que je ne connais point;
Ce duché[9]-ci. J'accours.

HERR GROOT

Le fuyard est rejoint.
Votre duché, madame, étant un lieu d'asile[10],
Naturellement s'offre à tous ceux qu'on exile.
Du reste, il n'est ici que depuis peu. Vraiment,

---

1. ***Herbiers*** : collections de plantes desséchées et mises entre des feuilles de papier.
2. ***Qu'il mange*** : qu'il dépense peu à peu.
3. ***Proscrit*** : banni, c'est-à-dire condamné à l'exil.
4. ***Se dérobe*** : se cache.
5. ***Jadis*** : autrefois.
6. ***Manant*** : paysan, rustre.
7. ***Braver*** : défier, se moquer de.
8. ***J'eus vent*** : je fus informée.
9. ***Duché*** : territoire administré par un duc.
10. ***Asile*** : accueil.

On demeure interdit qu'un margrave allemand
Soit venu s'établir dans cet endroit sylvestre[1].

LA MARGRAVE

Vous êtes sénéchal, bailli, shériff, bourgmestre[2].
J'arrive. Informez-moi.

HERR GROOT, *lui montrant le château au haut de la colline*

Voici votre palais.

LA MARGRAVE

À peine ai-je eu le temps d'en ouvrir les volets.
– Et vous dites qu'il est marié, c'est horrible !

HERR GROOT, *saluant*

Marié.

LA MARGRAVE

Devant qui ? devant quoi ?

HERR GROOT, *resaluant*

Sur la Bible.

LA MARGRAVE

Et qu'il a trois enfants !

HERR GROOT, *saluant encore*

Pas plus.

LA MARGRAVE

Rien que cela.
C'est la Bible qui fait de ces sottises-là !

HERR GROOT

Quand il a réussi quelque herbier magnifique…

Il hésite.

---

1. ***Sylvestre*** : situé dans la forêt.

2. Les titres de *sénéchal*, *bailli*, *shériff* et *bourgmestre* désignent des officiers chargés d'assurer la sécurité publique.

LA MARGRAVE

Eh bien ?

HERR GROOT

Il va le vendre à la ville.

LA MARGRAVE

Il trafique[1] !
Un fils de Charlemagne et de Josomirgot[2] !

HERR GROOT

La volonté du ciel soit faite !

LA MARGRAVE

Vieux cagot[3] !
Oh ! j'écume. Un garçon qui pourrait être, en somme,
Bel esprit à Potsdam[4], à Versailles bel homme !
Je n'aurais jamais cru que mon fils émigrât.

Elle regarde la maison.

Taudis abject ! trop bon encor pour cet ingrat !
Au fait, puisqu'on le chasse, il faut bien qu'il s'exile.
Mais pourquoi se fait-il chasser, cet imbécile ?
Monsieur est philosophe. Il fronde[5] les abus.
Il éclate de rire au nez des rois fourbus[6].
Il veut penser, lui prince ! il veut jouer un rôle.

---

1. ***Trafique*** : fait du commerce. Le commerce étant une activité réservée aux bourgeois, la margrave le juge indigne du titre de noblesse de son fils.

2. ***Josormigot*** : personnage inspiré d'Henri II Jasomirgott (1107-1177), qui fut margrave puis duc d'Autriche.

3. ***Cagot*** : bigot, qui a une dévotion fausse ou mal comprise.

4. ***Potsdam*** : ville d'Allemagne où résida, à partir de 1760, la famille royale de Prusse.

5. ***Fronde*** : critique.

6. ***Fourbus*** : fatigués d'avoir trop travaillé.

On le jette à la porte. On fait bien. Va-t'en, drôle !
Mais est-ce une raison pour se mésallier[1] !
Je comprends qu'il se fasse, ainsi qu'un écolier,
Bannir pour un fatras d'opinions diverses,
Bonnes aux gens de rien, et chez les rois perverses ;
Progrès, raison, devoirs, droits, est-ce que je sais !
Mais que, flanqué[2] dehors, il n'en ait point assez !
Mais que des Algonquins il se fasse copiste[3],
Qu'il vive en de tels trous qu'on perd dix ans sa piste[4],
Qu'il vienne se cacher au désert comme un loup,
Qu'il ose, ensorcelé par une rien du tout,
L'épouser, comme si l'on épousait ! qu'il aille
Faire des tas d'enfants dans les bois ! qu'il travaille
Pour vivre ! qu'il fréquente un endroit où l'on vend !
Qu'il se connaisse en herbe, en foin ! qu'il soit savant !
C'est lâche ! c'est affreux ! je voudrais être morte.
Alcade, comprends-tu ? que le diable t'emporte !

HERR GROOT

Je…

LA MARGRAVE

Je suis hors des gonds[5]. Je suis en vif-argent[6].
À force de marcher dans sa chambre en songeant,
Avec votre vieux sang qui vous bout dans les veines,
On finit par s'emplir l'esprit de choses vaines,

---

1. ***Se mésallier*** : épouser quelqu'un d'un rang inférieur.
2. ***Flanqué*** : jeté.
3. ***Que des Algonquins il se fasse copiste*** : qu'il copie le mode de vie des Algonquins, un peuple d'Amérique du Nord qui vit dans les bois.
4. ***Sa piste*** : sa trace.
5. ***Hors des gonds*** : dans une colère folle.
6. ***En vif-argent*** : étourdie, hors de moi.

Et par savoir par cœur les fleurs de son tapis.
Qu'est-ce que je disais ?

Examinant la maison.

– Des murs tout décrépis.
– Quant à la femme, elle est ce qu'elle est. Je devine
Que la vilaine[1] est jeune, adorable, divine,
Qu'elle a charmé mon fils sans penser au profit,
Qu'elle a mille vertus[2], et cela me suffit,
Je n'en veux pas. Beauté, soit. Vénus dans sa conque[3]
Viendrait, ayant pour père un échevin[4] quelconque,
Que je dirais : Allez être belle plus loin.
Vous n'êtes point ma bru[5].

Regardant par les fenêtres dans l'intérieur.

Lui, vivre dans ce coin !
– Qu'on n'imagine pas que, si je le rencontre,
Je faiblirai. Nenni[6]. Le cœur, c'est une montre.
Vous ne le montez pas, il s'arrête. Ah ! dauphin[7],
Nous allons voir ! je suis exaspérée enfin !
C'est laid, ce bois. Des pins, quelques méchants cytises[8].
Aimer, cela fait faire aux hommes des bêtises,

---

1. ***La vilaine*** : cette paysanne.
2. ***Vertus*** : qualités.
3. ***Vénus*** : déesse de l'amour – et la plus belle d'entre toutes – souvent représentée sortant d'une conque, c'est-à-dire d'une grande coquille.
4. ***Échevin*** : magistrat élu pour veiller aux affaires de la commune.
5. ***Ma bru*** : ma belle-fille. La margrave affirme qu'elle refuse de reconnaître comme épouse de son fils une bourgeoise, même très belle et très vertueuse, et issue d'une famille honorable. Elle ne saurait accepter pour belle-fille qu'une aristocrate.
6. ***Nenni*** : non.
7. ***Dauphin*** : héritier de la couronne. La margrave, dans sa colère, défie directement son fils, pourtant absent.
8. ***Cytises*** : arbres cultivés dans les jardins.

Je le sais. On roucoule[1], eh oui, mais un beau jour
On dit : je suis stupide, et l'on rentre à la cour,
Et l'on se débarbouille, et que Dieu vous bénisse,
Et, guéri de Javotte, on épouse Arthénice[2].

Regardant par les fenêtres ouvertes l'intérieur de la maison.

Et pas même un sofa ! Quelle chute ! – Un buffet,
Quatre chaises de paille ! Oh ! comme c'est bien fait !
Qui les a mariés ? quelque béat[3] sinistre ?
Un Morave[4] ?

HERR GROOT

Un pasteur selon Augsbourg[5].

LA MARGRAVE

Un cuistre[6] !
Un fanatique ! un rustre ! On déteste les grands[7].
On leur fait ce bon tour de mêler tous les rangs !

HERR GROOT

Altesse…

LA MARGRAVE

Oh ! cela fait du bien d'être en colère.
Qu'une bourgeoise ait eu l'audace de lui plaire !

---

1. ***On roucoule*** : on se dit des mots d'amour.
2. *Javotte* est un surnom populaire, *Arthénice* un surnom précieux apprécié de l'aristocratie cultivée. Selon la margrave, une fois que Charles se sera lassé de la paysanne dont il est tombé amoureux, il sera heureux de l'abandonner, de rentrer à la cour et d'épouser une aristocrate.
3. ***Béat*** : dévot, en mauvaise part.
4. ***Morave*** : de Moravie (aujourd'hui une partie de la République tchèque).
5. C'est-à-dire un protestant – et non, comme la margrave, un catholique.
6. ***Cuistre*** : homme prétentieux et grossier.
7. « On » désigne le pasteur qui a marié Charles et Emma. La margrave l'accuse d'avoir célébré ce mariage, qui constitue une mésalliance, par haine des « grands », c'est-à-dire de la haute noblesse.

Trois enfants ! c'est à mettre un homme au cabanon[1].
Ce n'est pas que je sois une momie. Eh non,
J'ai l'esprit de mon siècle, et n'en fais pas mystère,
J'écris de temps en temps à d'Alembert ; Voltaire[2]
M'adresse des quatrains ; ça ne m'empêche pas
De faire aller mon peuple à la baguette[3].

HERR GROOT

Au pas !
Taisez-vous ! – C'est ainsi qu'on rend heureux les hommes.
– Je dépense pour vous, donc soyez économes[4]. –
Voilà comme un bon roi parle en père aux manants.

LA MARGRAVE

Ce sont ces trois enfants qui sont impertinents.
On peut se tirer d'un. Mais de trois ! quelle faute !
Un guêpier de marmots[5] !

Regardant la maison.

La baraque est peu haute.

Elle aperçoit les livres et se met à les feuilleter.

Des livres. – Montesquieu, Jean-Jacques, Diderot[6]. –
S'y plaire, c'est fort bien, mais y croire, c'est trop.

---

1. ***Cabanon*** : cachot.
2. *D'Alembert* (1717-1783) et *Voltaire* (1694-1778) sont deux célèbres philosophes du XVIIIe siècle qui participèrent au mouvement culturel des Lumières.
3. ***À la baguette*** : sévèrement.
4. ***Au pas… économes*** : Herr Groot cite ici des ordres, qu'il convient, selon lui, qu'un bon roi adresse à son peuple.
5. ***Marmots*** : petits enfants.
6. *Montesquieu* (1689-1755), *Jean-Jacques Rousseau* (1712-1778) et *Diderot* (1713-1784) sont trois philosophes des Lumières qui célébrèrent la liberté. Ce sont des auteurs dont la margrave apprécie les œuvres, mais dont elle ne met pas en pratique les recommandations.

– Je croirais au bon Dieu, s'il fallait que je crusse
À quelque chose. Il veut singer le roi de Prusse[1].
Au fait, ce Frédéric fut jadis à mon gré ;
C'est un roi d'athéisme et de gloire tigré ;
Il a des gens d'esprit à sa cour ; c'est un sage.
Au surplus, je ferai casser ce mariage.
– Nous le remarierons avec d'autres appas
Ayant couronne au front, comme il sied[2]. Ce n'est pas
Que je le blâme fort de ce libertinage
D'opinions[3] qu'on a d'ordinaire à son âge.
Il a de qui tenir. L'empereur ni le roi
Ne me font peur, je suis chez eux comme chez moi,
Mon humeur à Schœnbrunn[4] prend ses aises, ricane,
Gronde, et je fais sonner le plancher sous ma canne.
– Je hais les préjugés, ça sent le renfermé.
Mais un duc est un duc. – Oh ! j'aurais tant aimé
Avoir des petits-fils, j'entends des petits princes !
On leur donne des noms d'états et de provinces.
Bavière, embrasse-moi. Saxe, viens te coiffer.
Tyrol, laissez le chat, vous vous ferez griffer.
C'est charmant. Je suis bien à plaindre. Vieillir seule !
Être grand'mère est doux, je ne suis qu'une aïeule[5].

---

1. ***Singer le roi de Prusse*** : imiter Frédéric II de Prusse (1712-1786), qui fut le protecteur de Voltaire.
2. ***Comme il sied*** : comme il convient.
3. ***Ce n'est pas / Que je le blâme fort de ce libertinage / D'opinions*** : je ne peux pas lui reprocher sévèrement sa liberté de pensée.
4. ***Schœnbrunn*** : château impérial situé près de Vienne, en Autriche.
5. ***Aïeule*** : ancêtre. Le terme n'a pas la connotation affective de grand-mère.

Regardant le château.

Tout à l'heure j'étais seule en ce grand palais ;
Plus ils sont beaux, étant vides, plus ils sont laids.
Mon pas était lugubre[1] en ces salles profondes.
Je disais : Il faudrait ici des têtes blondes[2].

Rêvant.

La femme c'est l'énigme, et l'enfant c'est le mot.
Pour avoir pris à temps dans ses bras un marmot,
La feue impératrice a gardé la Hongrie[3].
– C'est puissant, les enfants ! – Oh ! je suis bien aigrie ! –
Gertrude de Lusace était ce qu'il fallait.
Elle eût, certe, épousé mon fils, beau comme il est,
Et cette noce aurait enchanté l'Allemagne,
Car de cette façon le sang de Charlemagne
Se serait rajeuni dans le sang d'Attila[4],
Quand je songe qu'avec cette Gertrude-là
Mon fils m'eût pu donner des enfants ! – C'est infâme,
Au lieu d'une princesse, il épouse une femme !
J'ai tant aimé ce fils. Oh ! je le hais. Frappons.
Cadi[5], que puis-je ici ? quels sont mes droits ? réponds.

HERR GROOT

Votre altesse est ici souveraine, et chez elle.
Ce peuple est bon. Il est votre peuple avec zèle.

LA MARGRAVE

Amen.

---

1. ***Lugubre*** : triste.
2. ***Des têtes blondes*** : des enfants.
3. D'après Arnaud Laster, il s'agit de l'impératrice d'allemagne Marie-Thérèse (1717-1780).
4. *Attila* était le roi d'une peuplade d'Europe de l'Est.
5. ***Cadi*** : juge (ce titre est d'ordinaire associé aux Turcs).

HERR GROOT

Bourgs et châteaux, jusqu'au dernier canton,
Ce pays est à vous.

LA MARGRAVE

Comment l'appelle-t-on ?

HERR GROOT

Golgau.

LA MARGRAVE

Soit.

HERR GROOT

Votre altesse est margrave régnante,
Tante de l'empereur, reine.

LA MARGRAVE

De plus plaignante[1].
Quels droits est-ce que j'ai ?

HERR GROOT

Ceux qu'il vous plaît d'avoir.
Faire vos volontés c'est tout votre devoir.

LA MARGRAVE

Bonnes lois. – Vous tiendrez ma présence secrète.

HERR GROOT

Qu'est-ce que votre altesse en ce moment décrète ?

LA MARGRAVE

Que vous êtes un sot d'abord.

HERR GROOT

Et puis ?

1. ***Plaignante*** : celle qui, dans un procès, se considère victime et porte plainte.

La Margrave

Et puis,

Que je vais être heureuse à la fin, si je puis.

Elle réfléchit un moment.

– Si je veux en prison fourrer mon fils ?

Herr Groot

Madame,

Vous fourrez son altesse en prison.

La Margrave

Et la femme ?

Herr Groot

Au couvent.

La Margrave

Au couvent. C'est bien.

Herr Groot

Sous les verrous.

La Margrave

Quel est le juge ?

Herr Groot

Moi.

La Margrave

Quel est le code ?

Herr Groot

Vous.

La Margrave

Et si l'on résistait ?

Herr Groot

Vous avez une armée.

LA MARGRAVE

Ah !

HERR GROOT

De dix hommes.

LA MARGRAVE

Bon.

HERR GROOT

Des pas sous la ramée[1].

C'est…

LA MARGRAVE

Qui ?

HERR GROOT

Monseigneur.

LA MARGRAVE

Lui ! Je ne veux point le voir !

Je veux frapper, les yeux fermés. C'est mon devoir.

HERR GROOT

Il est avec sa femme et ses enfants.

LA MARGRAVE

Il l'ose !

À Herr Groot.

Surtout, tais-toi !

HERR GROOT, *à part*

Donner des ordres bouche close[2],

C'est malaisé.

LA MARGRAVE

Que tout soit prêt. Pas de retards.

---

1. ***Ramée*** : assemblage de feuilles entrelacées.

2. ***Close*** : fermée.

Frappant du pied.

Je ferai déclarer ces enfants-là bâtards[1].

Regardant la maison.

Oh ! l'affreux petit nid qu'a fait là ce rebelle !

HERR GROOT

La cabane est difforme.

LA MARGRAVE

Elle est beaucoup trop belle,
Et je le voudrais voir encor plus mal logé
Avec ses sauvageons, dans la rage que j'ai.

Ils sortent. Paraissent le duc Charles et Emma Gemma.

Scène 3

CHARLES, EMMA GEMMA

Au fond, dans le jardin, les trois enfants, jouant.

EMMA GEMMA

J'appelle ça l'été. C'est superbe. Les branches
Sont joyeuses, – je t'aime, – et que de choses blanches !
Les lys, les papillons, les colombes ! Le ciel
N'endosse pas son bleu de Prusse officiel,
Il s'humanise, il a de très jolis nuages.
On devine dans l'ombre un tas de mariages,
De l'abeille et du thym, de l'herbe et du rayon.
Dessine donc ce lierre, as-tu là ton crayon ?
Charles, tu ne sais pas, je suis toute contente.

---

1. ***Bâtards*** : issus d'un mariage illégitime, et donc sans droit.

CHARLES

Emma !

EMMA GEMMA

Toi, nos enfants, j'ai tout, rien ne me tente.
Je ne crains rien. Qui donc pourrait trahir ici ?
Nous sommes innocents, et la nature aussi.
La forêt est pour nous ; je serais curieuse
De savoir si j'ai fait quelque chose à l'yeuse[1] ;
Les fleurs n'ont nul motif de nous vouloir du mal.
Ce bailli[2] m'a bien l'air un peu d'un animal,
J'en suis quitte pour fuir[3] s'il vient dans la clairière,
Et je lui fais la moue en riant par derrière.
Le bonheur fait l'effet, ne l'éprouves-tu pas ?
Qu'on est chaque matin remariés tout bas ;
On sent quelqu'un, très loin et tout près, qui dans l'ombre
Met sur vous en silence une grande main sombre ;
On chante, on rit ; on sent que l'âme est à genoux ;
Et l'on a sur le front je ne sais quoi de doux,
L'air, le printemps, le ciel, l'amour profond des choses,
Des bénédictions faites avec les roses.

CHARLES, *lui prenant les mains*

Oh !

EMMA GEMMA

Comment nommes-tu ce gentil jasmin-là ?

CHARLES

Un troëne.

---

1. ***Yeuse*** : sorte de chêne.
2. ***Bailli*** : magistrat chargé de rendre la justice – il s'agit ici de Herr Groot.
3. ***J'en suis quitte pour fuir*** : il me suffit de fuir.

EMMA GEMMA

Ils ont mis leur habit de gala[1],
Tous ces buissons. Partout des fleurs. Vois le beau saule !
La petite fait bien ses dents, elle est très drôle,
Elle égratigne avec son petit doigt vermeil.
Il me semble que Dieu m'a donné le soleil !
Charles, j'ai le soleil.

CHARLES

Et moi, j'ai ton sourire.
Oh ! je t'aime. Les mots ne peuvent pas le dire.
Voilà neuf ans, et c'est toujours le premier jour.

EMMA GEMMA, *avec une grande révérence*

Et monseigneur le prince est payé de retour !

CHARLES

Prince ! est-ce qu'on est prince ? on est homme, on est libre.
Le peuple veut que, roi, je lui fasse équilibre[2] ?
Voyons sa signature au bas de ce contrat.
Personne n'est à moi, que moi.

EMMA GEMMA

Que toi ! l'ingrat !
Et moi ? tu ne veux pas, dis, que je t'appartienne ?

CHARLES

Ange ! oh oui, prends mon âme et je prendrai la tienne.

EMMA GEMMA

Tu n'es pas prince. Soit. Ni Habsbourg, ni Bourbon[3].
Et moi, je ne suis pas un ange. C'est très bon

---

1. ***Leur habit de gala*** : leur plus beau vêtement.

2. ***Que, roi, je lui fasse équilibre*** : Charles doute du fait qu'un seul homme, le roi, puisse avoir autant de poids que le peuple tout entier : pour lui, tous les hommes sont égaux.

3. Les Habsbourg et les Bourbons sont deux grandes familles royales.

D'être une femme. On a des enfants. Trop de gloire
Ça gêne. Un ange vit sans manger et sans boire.
Moi, je dîne, j'ai faim, tu sais comme je bois,
Et j'aime bien manger des fraises dans les bois.
Un ange est impalpable[1], il fuit, rien ne le touche.
Un baiser, c'est bien doux. Si l'on n'a pas de bouche,
Comment faire ? Et la nuit, si l'on ne dort jamais,
On s'en va donc planer seule sur des sommets.
C'est trop beau. Non. J'ai peur de l'azur[2], je me sauve.
J'aime mieux nos repas sur l'herbe, notre alcôve[3],
Nos fleurs, notre sommeil ensemble, nos rideaux,
Et des mioches au sein que des ailes au dos.
Oh ! qu'il vienne jamais une heure où je préfère
Le paradis à Charle et le ciel à la terre,
Il faut rayer cela de vos papiers, bon Dieu.

CHARLES

Reste femme, et sois ange.

EMMA GEMMA

Ah ! ça me trouble un peu.

CHARLES, *pensif*

La naissance implacable[4] est attachée à l'homme.
Oui, si je n'étais point par malheur ce qu'on nomme
Un prince, je dirais : un éden m'est échu[5].

---

1. ***Impalpable*** : qu'on ne peut pas toucher.
2. ***L'azur*** : le ciel.
3. ***Alcôve*** : renfoncement au fond d'une chambre où l'on place le lit.
4. ***Implacable*** : qui ne peut être apaisée, comme s'il s'agissait d'un ennemi à combattre – Charles regrette ici d'être né pour devenir roi, ce qui lui interdit d'aimer librement Emma.
5. ***Un éden m'est échu*** : j'ai obtenu le paradis.

EMMA GEMMA

Tant pis, il fait si chaud que j'ôte mon fichu[1].
On est chez soi. Cette ombre est très peu fréquentée.
C'est égal, je serais bien trop décolletée,
Si nous n'étions pas seuls.

CHARLES

Ève[2], vous me tentez.

Il veut l'embrasser. Elle s'enfuit en riant derrière le saule.

Ce saule est dans Virgile[3]. – Oh ! viens à mes côtés.

Il s'assied sur le banc de gazon.

EMMA GEMMA

À la condition que vous serez très sage.

CHARLES

Je t'obéirai. Viens. L'aube est sur ton visage.

EMMA GEMMA, *se rapprochant*

Quel rendez-vous d'oiseaux que ce vert carrefour !

CHARLES

Viens !

EMMA GEMMA

Charle, autour de nous toute l'ombre est amour.

Elle se rapproche.

CHARLES

Viens !

Elle s'assied près de lui sur le banc.
– Moment de plénitude[4] et de silence.

---

1. ***Fichu*** : châle.
2. ***Ève*** : Charles compare Emma à Ève, qui, dans la Bible, fut la première femme et l'épouse d'Adam, qu'elle « tenta » (avec la pomme).
3. ***Virgile*** : poète de l'Antiquité qui célébra les beautés de la nature.
4. ***Plénitude*** : bonheur absolu.

Charles

Dieu veut que, parfois, l'ombre ait une âme gaie ;
Et cette âme, c'est toi. Ma tête fatiguée
Se pose sur ton sein, point d'appui du proscrit[1].
L'ombre, te voyant rire, a confiance, et rit.
Les roses pour s'ouvrir attendent que tu passes.
Nous sommes acceptés là-haut par les espaces,
Et, tu dis vrai, les champs, les halliers[2] noirs, les monts
Sont de notre parti[3], puisque nous nous aimons.
Ici rien n'est méchant, rien, pas même l'ortie.
Que c'est charmant, l'étang, l'aurore, la sortie
Des nids au point du jour, chacun risquant son vol,
L'herbe en fleur, Dieu partout, la nuit, le rossignol ;
Toute cette harmonie est une sombre joute[4],
Exquise en son mystère, et ta beauté s'ajoute
À la forêt, au lac, à l'étoile des cieux.
Le chêne, en te voyant, frémit, ce pauvre vieux ;
La source offre son eau, la ronce offre ses mûres,
Et les ruisseaux, les prés, les parfums, les murmures,
Semblent n'avoir pour but que d'être autour de toi.
Emma, tu vas et viens, tu me parles, sans quoi
Je mourrais. Avec nous l'ombre est de connivence[5] ;
Peut-être quelque bras pour nous saisir s'avance,
Mais cet âpre désert nous cache, et, doucement,
Nous adopte, gagné par ton enchantement.
On te sent dans ces bois une espèce de fée.

---

1. ***Proscrit*** : banni, exilé.
2. ***Halliers*** : buissons.
3. ***Sont de notre parti*** : sont favorables à notre mariage.
4. ***Joute*** : combat.
5. ***Est de connivence*** : est notre complice.

Tu dois, à ton insu d'un nimbe d'or[1] coiffée,
Être une sainte ailleurs, dont c'est la fête ici.
Tu m'aimais à seize ans ! Oui, tout te dit : merci !
L'épanouissement universel t'encense[2].
Être une grâce, Emma, c'est être une puissance.
Ô solitude ! on aime, et vivre semble aisé.
C'est l'été, c'est midi, tout pardonne, apaisé.
L'eau court sous les cressons, l'oiseau dans l'azur plonge,
Et les arbres profonds ont l'air de faire un songe.
Dieu tient l'homme, et l'emplit d'amour, en se servant
Des bois, du mois de mai, du nuage et du vent.
La vie auprès de toi, que sais-je ? c'est le charme.
Nos enfants sur le seuil, dans les fleurs une larme,
Tout jusqu'à ces gazons qui languissent[3] le soir,
Prétextes à te mettre aux mains un arrosoir,
Et quelque pâtre[4] au loin dont on entend la flûte !
Vois-tu, je n'admets pas, mon ange, une minute,
Que je puisse être au monde et ne point t'adorer.

EMMA GEMMA, *l'œil humide*

Oh ! rire prouve moins le bonheur que pleurer.
Ces larmes, c'est la joie.

CHARLES

Ô ma femme !

Ils s'embrassent. Les enfants interrompent leur jeu.

---

1. ***Nimbe d'or*** : cercle de lumière que les peintres mettent au-dessus des têtes des saints quand ils les représentent.
2. ***T'encense*** : te célèbre.
3. ***Languissent*** : faiblissent, sont en mauvais état.
4. ***Pâtre*** : berger.

CÉCILE, *tirant Charles par l'habit*

Et nous, père !

Charles et Emma se retournent.

EMMA GEMMA, *souriant*

Ils sont jaloux.

Charles et Emma Gemma embrassent les enfants.

CHARLES, *les yeux au ciel*

Grand Dieu, sois bon dans ta lumière,
Sois clément ! Je les mets sous ta garde.

EMMA GEMMA

Pourquoi
Ce cri d'inquiétude ? as-tu des craintes ?

CHARLES

Moi ?
Non.

EMMA GEMMA

Nous sommes ici bien cachés.

CHARLES, *la reprenant dans ses bras*

Je te serre
Contre mon cœur, devant cette forêt sincère.
Non, rien ne peut tromper ici, tout est bonté.
Les bois, les fleurs, les champs disent la vérité.
La nature est l'azur qui n'a pas de mensonge.
Dans ce rayon qu'on voit, c'est Dieu qui se prolonge.
Ayons foi.

EMMA GEMMA

Menons-nous les enfants dans le bois ?

CHARLES

Je vous suis.

EMMA GEMMA, *aux enfants*

Tenez-vous par la main tous les trois.

À Charles.

Je vais mettre un chapeau.

À l'aînée.

Veille aux enfants, Cécile.

Elle entre dans la maison. – Les enfants entrent dans le bois.

Scène 4

CHARLES, *seul*

L'empereur aurait-il découvert mon asile ?
J'ai vu des gens armés rôder dans le taillis[1].
On ne me prendrait pas vivant ! – Tous ces baillis[2]
Sont autant d'espions.

LA VOIX D'EMMA GEMMA, *dans la maison*

Charle !

CHARLES, *haut*

Oui !

À lui-même.

Je suis mon maître,
La vie est un cachot dont j'ouvre la fenêtre,
Et je m'évade. – Chose étrange qu'au milieu

1. ***Taillis*** : bois.
2. ***Baillis*** : voir note 2, p. 107.

De l'amour, des baisers, des parfums, du ciel bleu,
Une sinistre idée obscurément vous ronge,
Et que la mort, serpent, rampe au fond de ce songe!

Il tire de sa poche un pistolet et le pose sur le banc de gazon.

Non! cela ne se peut, je me serai trompé.
J'ai l'esprit d'alguazils et de sbires[1] frappé.
– Pourtant, précaution.

Il prend dans le tiroir de la table une poire à poudre[2].

– J'ai l'âme à la torture.
S'ils étaient sur ma trace! Oh! la sombre aventure!
Femme! enfants!

Les enfants rient dehors.

LA VOIX D'EMMA GEMMA

Entends-tu tout ça rire aux éclats?

CHARLES, *haut*

Oui! – Ma mère que j'aime est contre nous, hélas!

LA VOIX D'EMMA GEMMA

Les enfants sont déjà bien loin dans le bocage[3].

CHARLES

J'y vais.

Son regard rencontre la cage

Ce pauvre oiseau n'a pas d'eau dans sa cage.

Il verse de l'eau à l'oiseau, puis il charge le pistolet.

Deux balles. Un peu plus de poudre.

---

1. ***Alguazils*, *sbires*** : termes dépréciatifs pour désigner les agents de police que Charles a peur de voir apparaître à tout moment.
2. ***Poire à poudre*** : petite gourde contenant la poudre, qui permet de charger le pistolet.
3. ***Bocage*** : petit bois.

Regardant le pistolet.

Liberté,

Te voilà.

Il remet le pistolet dans sa poche.

EMMA GEMMA, *paraissant*

Je t'attends. Ils sont de ce côté.
Que fais-tu donc ?

CHARLES, *versant de l'eau à l'oiseau*

Tu vois, j'arrange la volière[1].

Ils sortent. Pendant la scène qui précède, on a vu au fond de la forêt des fusils briller dans les arbres. Paraît Herr Groot, en manteau, une baguette noire à la main. Il épie[2] la sortie de Charles et d'Emma Gemma, puis fait signe derrière lui. Une dizaine de soldats paraissent. Entre la Margrave.

Scène 5

LA MARGRAVE, HERR GROOT, SOLDATS

HERR GROOT, *aux soldats*

Œil au guet[3], sabre au poing, mousquet en bandoulière[4] ;
Cernez[5] bien tout le bois, et faites de façon

1. ***Volière*** : cage à oiseaux.
2. ***Épie*** : espionne.
3. ***Au guet*** : prêt à guetter l'ennemi.
4. Le *mousquet* est une arme à feu, portée par les soldats à leur *bandoulière*, une large ceinture en cuir. Herr Groot ordonne ici à ses soldats de se tenir prêts à attaquer.
5. ***Cernez*** : encerclez.

Qu'aucun de vous ne soit vu de cette maison.
Venir quand je crierai : venez ! c'est la consigne.

LE SERGENT

Bien.

LA MARGRAVE, *à Herr Groot*

Quand j'agiterai mon mouchoir, sur ce signe,
Vous leur crierez : venez.

Herr Groot s'incline. – Les soldats, sur un geste de Herr Groot, se dispersent dans le bois. Quelques-uns prennent position derrière les arbres, où on les aperçoit.

LA MARGRAVE

Non, je n'ai plus d'enfant !

À Herr Groot.

Qu'on ait soin de ne pas tirer, s'il se défend.

Se frottant les mains.

C'est dit. Menons à fin toutes ces aventures.

Regardant dans la maison.

Ils sont dehors ?

HERR GROOT

Ils vont rentrer.

LA MARGRAVE

Les deux voitures ?…

HERR GROOT

Sont là.

LA MARGRAVE

De bons chevaux ?

HERR GROOT

Qui vont comme le vent.

Donc le prince ?

LA MARGRAVE

En prison.

HERR GROOT

Et la dame ?…

LA MARGRAVE

Au couvent.

Je ne sens pas du tout que ma colère baisse.
– L'abbesse[1] consent-elle, Herr Groot ?

HERR GROOT

C'est vous l'abbesse.

LA MARGRAVE

Ah !

HERR GROOT

La prieure[2] est là qui pour vous fait très bien
La chose, et le bon Dieu ne s'aperçoit de rien.
Le chapitre[3], étant noble, a de droit votre altesse
Pour abbesse.

LA MARGRAVE

Il faudra mettre avec politesse
Cette dame en cellule.

HERR GROOT

Au pain, à l'eau ?

LA MARGRAVE

Pantin,

Pas de zèle. Enfermer suffit.

---

1. ***Abbesse*** : religieuse en charge de la direction d'un monastère.
2. ***Prieure*** : religieuse en charge de l'organisation de la vie du monastère, sous les ordres de l'abbesse.
3. ***Chapitre*** : ensemble des membres d'une assemblée religieuse.

Elle le congédie[1] du geste. Il se retire sous les arbres sans disparaître. Entrent les trois enfants. Cécile a dans son tablier des fleurs mêlées à du foin. Charles la regarde avec admiration. Adèle suit.

Scène 6

LA MARGRAVE, LES ENFANTS. Au fond, LES SOLDATS

CÉCILE, *détaillant ce qu'elle apporte et prenant les herbes brin à brin*

Ça, c'est du thym,
Ça c'est pour les lapins, et ça c'est pour les poules.

LA MARGRAVE

Oh ! les barreaux de fer, les cloîtres, les cagoules,
J'abhorre[2] tout cela, mais j'ai tant de courroux
Que j'irais leur tirer moi-même les verrous !

CÉCILE, *jetant les fleurs et vidant son tablier à terre*

Écoute, amusons-nous.

Empressement du petit Charles.

Nous jouons à la dame
Qui reçoit un monsieur.

LA MARGRAVE, *cachée derrière la haie*

J'ai la rage dans l'âme.

Elle regarde les enfants, et peu à peu les écoute. – Pendant qu'ils parlent sans la voir, elle se rapproche d'eux pas à pas.

CÉCILE

Vois-tu bien, tu seras la dame.

1. ***Le congédie*** : lui ordonne de quitter les lieux.
2. ***J'abhorre*** : je déteste.

CHARLES

Je ne puis
Être la dame, moi.

CÉCILE

Pourquoi ?

CHARLES

Puisque je suis
Un garçon.

CÉCILE

C'est égal. – Je te dirai Madame.

CHARLES

Mais, pour être une dame, il faut être une femme.
Je suis un homme, moi.

CÉCILE

Mais, qu'on te dit, cela
Ne fait rien. Tu seras la dame. Tiens-toi là.
Je descends de cheval auprès de ta fenêtre ;
Moi, je suis le monsieur.

CHARLES

Toi, tu ne peux pas être
Le monsieur.

CÉCILE, *avec dignité*

Je voudrais savoir votre raison.

CHARLES

Quand on est une fille on n'est pas un garçon.

CÉCILE

Est-il brute !

CHARLES

Un monsieur qui s'appelle Cécile !

CÉCILE

Je mettrai ton chapeau, ce n'est pas difficile.
J'entre dans la cour. Toi, tu dis : Il est fort bien,
Ce jeune homme ! On aboie…

CHARLES

Et qui fera le chien ?

CÉCILE

Adèle.

CHARLES

Adèle ! Oh ! non !

CÉCILE

Pourquoi donc, monsieur Charle ?

CHARLES

Elle ne parle pas.

CÉCILE

Bête ! est-ce qu'un chien parle ?
Elle aboiera.

Elle se tourne vers Adèle et se penche.

Houab !

ADÈLE

Houab !

CÉCILE, *se redressant, à Charles*

C'est aisé[1] !

CHARLES

Non.

CÉCILE

Pourquoi ?

---

1. ***Aisé*** : facile.

CHARLES

Parce qu'il me déplaît d'être la dame, à moi !

CÉCILE

Je te dirais : Ce chien, madame, est-il à vendre ?

CHARLES

Non.

CÉCILE

Le vilain enfant qui ne veut rien comprendre !

CHARLES

Je ne vends pas ma sœur.

CÉCILE

Mais c'est le chien !

CHARLES

Non.

CÉCILE

Si.

La Margrave lève les yeux et aperçoit Emma Gemma et Charles qui viennent d'entrer.

Scène 7

LA MARGRAVE, LES ENFANTS, CHARLES, EMMA GEMMA

Au fond dans les arbres, les soldats, Herr Groot qui observe aux aguets.

LA MARGRAVE, *à Charles et à Emma*

Mais, mes pauvres enfants, vous êtes mal ici.
Vous n'avez même pas de meubles, votre chambre

Est en plein nord, il doit y geler en décembre.
Quelle idée avez-vous de vous cacher ainsi ?
Venez chez moi, chez toi, Charle.

Elle montre le château.

En ce château-ci.
Vous serez mieux. Venez. Nous serons tous ensemble.
L'aînée est ton portrait, et celui-ci ressemble,
Mon Charle, à son grand-père, à croire qu'on le voit.
C'est toi le maître. Ici l'empereur est sans droit.
Je te déclare duc, je me mets en tutelle[1].
Oh ! la toute petite, houab ! houab ! quel âge a-t-elle ?
Ayez pitié de moi, je ne vous ai rien fait.
Comme c'est long, dix ans ! Cet exil m'étouffait.
Je ne suis pas méchante. Ah ! vous voyez, je pleure.
Dieu ! je vais donc avoir deux Charles à cette heure.
Vous ne l'avez pas vue, elle faisait le chien.
Venez, il ne faut pas qu'elle manque de rien.
Je rêvais d'en avoir une toute pareille.
Pourquoi me laissez-vous seule, moi qui suis vieille !
Ton fils a déjà, Charle, un esprit étonnant.
Je n'ai pas bien longtemps à vivre maintenant.
Venez. Hein, voulez-vous ? Ma vie est bien amère
Depuis dix ans.

EMMA GEMMA

Madame !…

LA MARGRAVE, *ouvrant ses bras*

Appelle-moi ta mère !

1. ***Je me mets en tutelle*** : je te donne l'autorité.

© Bernard Michel PALAZON CDDS Enguerand

■ Marcinelle (Marie-France Gantzer), Edmond (Jean-Pierre Jourdain) et Eurydice (Liliane Iriarte) dans une mise en scène de Erwa

DOSSIER

- Avez-vous bien lu ?
- *L'Intervention* au fil du texte
- Misère et bonheur dans *L'Intervention*
- Arts du spectacle vivant : mettre en scène *L'Intervention*
- Comédie et scène de ménage (groupement de textes n° 1)
- Quand Victor Hugo dénonce la misère (groupement de textes n° 2)

Vocabulaire d'analyse d'une pièce de théâtre

Aparté : paroles que prononce un personnage sur scène, à l'insu des autres personnages, et que le public seul est censé entendre.

Comédie : pièce de théâtre qui divertit en représentant le ridicule des caractères et des mœurs d'une société.

Coup de théâtre : renversement soudain de situation.

Dénouement : résolution de l'intrigue de la pièce.

Didascalies : indications que l'auteur donne sur l'organisation du texte (numéro de l'acte, de la scène, nom des personnages) et sur la mise en scène de sa pièce (expressions des personnages, déplacements, décors...) ; elles ne font pas partie des dialogues.

Intrigue : histoire racontée par la pièce.

Pathétique : qui provoque l'émotion et la pitié.

Péripétie : événement qui modifie le déroulement de l'intrigue.

Réplique : texte dit par un personnage au cours d'un dialogue à chacune de ses prises de parole.

Scènes d'exposition : scènes situées au début de la pièce et qui offrent les informations nécessaires à la compréhension de la situation initiale (lieu, époque, heure, personnages, enjeux, ton de la pièce).

Tirade : réplique longue et ininterrompue d'un personnage, qui prend la forme d'un discours.

Avez-vous bien lu ?

La présentation

Repères historiques

1. À quel siècle Victor Hugo a-t-il vécu ?

2. Dans la liste suivante, rayez les deux événements auxquels Victor Hugo n'a pas assisté :

– le coup d'État de Louis-Napoléon Bonaparte

– la naissance de la IIe République

– la proclamation de la IIIe République

– la Première Guerre mondiale

– la Révolution française

– la révolution de Juillet

– le sacre de Charles X

3. Complétez à présent le tableau suivant :

Date	Événement	Âge de Victor Hugo
1824		
	Révolution de Juillet	
		46 ans
2 décembre 1851		
		68 ans

DOSSIER

L'œuvre littéraire de Victor Hugo

1. En les inscrivant dans le tableau ci-dessous, classez les œuvres suivantes en fonction du genre littéraire auquel elles appartiennent : *Le Dernier Jour d'un condamné, Hernani, Lucrèce Borgia, Ruy Blas, Notre-Dame de Paris, Les Contemplations, La Légende des siècles, Les Misérables, L'Art d'être grand-père.*

Poésie	
Roman	
Théâtre	

2. Dans les années 1820-1830, de quel mouvement littéraire Victor Hugo est-il devenu le chef de file en France ?

3. Victor Hugo fut-il un écrivain reconnu de son temps ? Donnez deux exemples pour appuyer votre réponse.

Le « Théâtre en liberté »

1. Pourquoi Victor Hugo est-il en exil au moment où il écrit les pièces du « Théâtre en liberté » ?

2. Qu'est-ce qui empêche ses pièces d'être jouées ?

Analyse d'image : comprendre une caricature

Observez la caricature de Benjamin Roubaud issue du *Panthéon charivarique*, 1841 (p. 6).

1. Quels éléments évoquent la vie et l'œuvre de Victor Hugo ?

2. Quelle image cette caricature donne-t-elle de Victor Hugo ?

L'Intervention : vrai ou faux ?

Indiquez si les affirmations suivantes sont vraies ou fausses :

	Vrai	Faux
Edmond Gombert est marié à Marcinelle		
Eurydice est une aristocrate		
Eurydice est mariée au baron de Gerpivrac		
Le baron de Gerpivrac est un spécialiste de l'équitation et de la mode		
À la fin de la pièce, Edmond et Marcinelle se séparent		

La Grand'Mère : vrai ou faux ?

Indiquez si les affirmations suivantes sont vraies ou fausses :

	Vrai	Faux
La Margrave est la mère de Charles		
Charles a quitté le royaume pour faire fortune		
Charles et Emma Gemma viennent de se rencontrer		
Emma Gemma déteste la Margrave		
La Margrave est émue par les enfants de Charles		

L'Intervention au fil du texte

Scène première : l'exposition

Une scène de ménage, entre dispute et réconciliation

1. Quel est le lien qui unit Edmond et Marcinelle ?

2. Pourquoi se disputent-ils ?

3. Quel souvenir leur permet de se réconcilier une première fois ?

4. Cette réconciliation tient-elle longtemps ?

5. Les deux personnages se séparent-ils en bons termes ?

Un couple d'ouvriers, entre jalousie et fierté

6. Quelle profession Edmond et Marcinelle exercent-ils ?

7. Que nous apprennent les didascalies et les dialogues à propos de leurs conditions de vie ?

Conditions de travail	
Logement	
Vêtements	
Repas, alimentation	

8. Quelle réplique insiste cependant sur la fierté qu'éprouve Edmond d'être un homme du peuple ? Quelles qualités reconnaît-il à l'ouvrier ? (p. 41)

9. Relevez, p. 37, les expressions péjoratives qui servent à désigner les gens riches dans les répliques de Marcinelle et dans celles d'Edmond.

Expressions utilisées par Marcinelle	
Expressions utilisées par Edmond	

10. Relevez, p. 43, la réplique dans laquelle Edmond tente de définir les sentiments qui l'animent quand il se trouve face à un jeune homme bien habillé. Quels sont les deux adjectifs qu'il oppose ? Comment comprenez-vous cette nuance ?

Une scène de comédie, entre rire et larmes

11. Diriez-vous de cette scène qu'elle est :

– comique ?

– pathétique ?

– les deux ?

Justifiez votre réponse de manière précise.

Scène 2 : mademoiselle Eurydice entre en scène

Résumez la scène 2 en utilisant les mots suivants : *admirative, misère, bonheur, bouquet, duchesse, ébloui, jalouse, séduire.*

Scène 3 : Eurydice face à Marcinelle, une scène pivot

Une scène mouvementée

1. Quel coup de théâtre provoque le passage du vouvoiement au tutoiement entre les deux femmes ?

2. En quoi la scène est-elle particulièrement animée ? Pour répondre, appuyez-vous sur les indications qui concernent les mouvements des personnages.

Les ambiguïtés d'Eurydice

3. Quelle profession Eurydice exerce-t-elle ?

4. Selon vous, pourquoi Eurydice gagne-t-elle si bien sa vie ?

5. Semble-t-elle heureuse de sa condition ?

La tentation de Marcinelle

6. Comment les sentiments de Marcinelle évoluent-ils au cours de la scène ?

7. Quelle tentation Eurydice introduit-elle dans l'esprit de Marcinelle ?

8. Pourquoi cette proposition peut-elle faire basculer la comédie dans le drame ?

Scène 4 : un rentier chez les pauvres

Le baron de Gerpivrac

1. À quelle catégorie sociale le personnage qui entre en scène appartient-il ?

2. Quel registre de langue emploie-t-il ? Comment peut-on qualifier sa manière de s'exprimer ?

3. Comment s'adresse-t-il à Marcinelle ? Quels sentiments lui témoigne-t-il ?

4. Dans son aparté, comment désigne-t-il les deux jeunes femmes ? De quel sentiment témoigne-t-il alors à leur égard ?

5. Quels sont ses domaines de compétences, ses centres d'intérêt ?

6. Se montre-t-il généreux ? Pourquoi ?

Eurydice et Marcinelle

7. Quel effet le baron produit-il sur Marcinelle ? Appuyez votre réponse sur les apartés du personnage.

8. Quel effet produit-il sur Eurydice ?

9. Dans cette scène, pourquoi peut-on dire qu'Eurydice est un personnage à la fois comique et pathétique ?

Une scène riche d'effets

10. Selon vous, quels adjectifs permettent de définir le ton de cette scène ? Justifiez votre réponse.

Scène 5 : le dénouement

L'ultime péripétie

1. Quelle est la disposition d'esprit de chacun des deux personnages au début de la scène ?

2. Pourquoi Marcinelle ferme-t-elle la fenêtre ? Quelle est la signification de ce geste ?

3. Quelle décision les deux époux prennent-ils pour mettre fin à leurs disputes ?

4. Quelle péripétie les fait changer d'avis ?

Un dénouement bien préparé

5. Observez le passage du vouvoiement au tutoiement au cours de la scène : en quoi prépare-t-il le dénouement ?

6 Quels échos pouvez-vous relever entre les première et dernière scènes de la pièce ?

7. À l'issue de la pièce, comment en comprenez-vous le titre ?

Un dénouement de comédie ?

8. Diriez-vous qu'il s'agit d'un dénouement :

– heureux ?

– joyeux ?

– les deux ?

Justifiez votre réponse.

■ Dessins de Patrice Chéreau pour la mise en scène de *L'Intervention* en 1964.

© Fonds Patrice Chereau / Archives IMEC

Misère et bonheur dans *L'Intervention*

L'argent dans *L'Intervention* : d'hier à aujourd'hui

Ce que gagnent les personnages :

	En 1860	**Équivalent aujourd'hui[1]**
Ce que gagne quotidiennement Edmond Gombert	3 francs	15 euros
Ce que gagne quotidiennement Marcinelle	15 ou 20 sous (20 sous = 1 franc)	3,75 à 5 euros
Gains maximum des Gombert en un an	1 460 francs	7 300 euros
Cachet de base d'Eurydice	150 francs	750 euros
Ce que gagne Eurydice en un an	50 000 francs	250 000 euros
Rente annuelle du baron de Gerpivrac	200 000 francs	1 000 000 d'euros

1. D'après Arnaud Laster, *Le Théâtre en liberté*, éd. citée, appendices, p. 933.

Ce que dépensent les personnages :

	En 1860	Équivalent aujourd'hui
Prix du bonnet à fleurs qu'Edmond refuse à Marcinelle (scène 1)	12 francs	60 euros
Prix du châle en dentelle d'Eurydice (scène 3)	1 200 francs	6 000 euros
Somme qu'Edmond donne pour les pauvres (scène 2)	10 francs	50 euros
Somme que le baron donne pour les pauvres (scène 4)	5 francs	25 euros
Somme que le baron donne à Eurydice (scène 4)	20 louis (c'est-à-dire 400 francs)	2 000 euros

1. Comment la façon dont les personnages dépensent leur argent fait-elle apparaître leurs oppositions ?

2. Classez les personnages suivant leurs revenus, du plus pauvre au plus riche. À votre avis, le personnage le plus riche est-il le plus heureux ?

L'argent : qu'en disent les personnages ?

Attribuez les répliques suivantes au personnage qui profèrent chacune d'elles :

Edmond Gombert	• •	« Ah ! le jour où je ferai de la politique, cela ira autrement. En attendant, je suis pauvre, et je vois ma femme qui regarde les riches. »
Marcinelle	• •	« Il y a des temps de sensiblerie. Nous sommes plus sérieux. Nous voulons savoir ce qu'une chose rapporte. »
Mademoiselle Eurydice	• •	« Oh ! l'amour, aimer, être aimée, être libre, sans le sou, quel idéal ! »
Le baron de Gerpivrac	• •	« Je ne suis pas assez riche pour être jolie ! »

Que nous montre Victor Hugo ?

1. Selon vous, quel(s) message(s) Victor Hugo a-t-il voulu transmettre au lecteur ou au spectateur ? Justifiez votre réponse en vous appuyant sur les sentiments que font naître chacun des personnages de la pièce.

2. Quand le metteur en scène Patrice Chéreau a monté la pièce, il a inclus dans le décor un rideau sur lequel était écrit une citation du duc de Morny : « Aux ouvriers il faut prouver que l'inégalité sociale est une loi de la nature, que toujours il y aura des forts et des faibles, des gouvernants et des gouvernés. » Comment comprenez-vous cette citation ? En quoi est-elle provocatrice ?

Exercices de vocabulaire

1. La pauvreté des personnages s'exprime dans leur logement. Mais la valeur de ce logement n'est pas perçue de la même manière tout au long de la pièce. Voici les mots et expressions qui servent à désigner l'atelier des Gombert : « chambre mansardée » ; « taudis » ; « nid » ; « grenier ». Classez-les suivant leur connotation :

Vocabulaire péjoratif	Vocabulaire neutre	Vocabulaire mélioratif

2. Quels mots pouvez-vous associer au terme « misère » ? Classez-les en fonction des deux sens dégagés dans la question précédente.

3. Quels mots pouvez-vous associer à la notion de « bonheur » ?

À vous de jouer !

1. Eurydice écrit dans son journal intime ses réflexions sur la misère et le bonheur. Elle se sert de son expérience personnelle. En vous appuyant sur ce que la pièce nous apprend du personnage, imaginez et rédigez environ deux pages de son journal (quarante lignes).

2. La misère s'oppose-t-elle au bonheur ? Débattez oralement sur cette question avec vos camarades.

Arts du spectacle vivant : mettre en scène *L'Intervention*

Mettre en scène à l'époque de Victor Hugo et de nos jours

Mettre en scène une pièce, c'est préparer le spectacle dont le texte est le support. De nos jours, cette tâche est généralement assignée à un spécialiste (qu'il soit professionnel ou amateur) : le metteur en scène. À l'époque de Victor Hugo, le métier de metteur en scène n'existe pas : c'est souvent le dramaturge lui-même, ainsi que le directeur du théâtre, qui se chargent de faire fabriquer les costumes et les décors, et de guider les comédiens dans leur jeu. Dans le cas des textes du « Théâtre en liberté », notamment de *L'Intervention*, Victor Hugo songe certainement d'autant plus à intégrer dans ses pièces des indications de mise en scène qu'il sait qu'elles ne seront pas jouées immédiatement, et seront sûrement publiées avant d'être interprétées sur scène : dans les didascalies, les indications de l'auteur permettent au lecteur de mieux se représenter la pièce.
L'Intervention, qui n'a rien perdu de son actualité, est encore souvent montée de nos jours. Le metteur en scène peut choisir de suivre les indications de Victor Hugo ou, au contraire, de s'en éloigner, afin de mettre l'accent sur certains aspects de la comédie. Par exemple, si un metteur en scène choisit d'habiller les comédiens, non pas avec des costumes du XIXe siècle, mais avec des costumes contemporains, il insiste sur l'actualité de la pièce : bien qu'elle soit écrite en 1866, il fait l'hypothèse que ce qu'elle montre existe encore de nos jours.

Observer et imaginer : exercices de mise en scène

Les décors

1. Dans la pièce, où peut-on lire une description du décor tel que l'a imaginé Victor Hugo ?

2. Quels éléments mettent l'accent sur la pauvreté des personnages ?

3. Au cours de la pièce, Victor Hugo suggère que le logement d'Edmond et de Marcinelle est une sorte de paradis : comment pourriez-vous représenter cette idée grâce au décor ?

Les costumes

1. Attribuez à chaque personnage les éléments de costume qui lui reviennent :

		•	Blouse
		•	Bourse en soie
		•	Canne
		•	Casquette ornée d'une plume de perroquet
Edmond Gombert	•	•	Ceinture de soie
Marcinelle	•	•	Cravate
Mademoiselle Eurydice	•	•	Képi
Le baron de Gerpivrac	•	•	Lorgnon
		•	Manteau de coton
		•	Robe de coton
		•	Robe en yak blond et taffetas vert

2. Observez les photos (p. 79, p. 124) : les metteurs en scène respectent-ils à la lettre les consignes de Victor Hugo ?

3. Si vous optiez pour des costumes, non pas restituant les vêtements du XIXe siècle, mais contemporains, comment habilleriez-vous chacun des personnages ?

Les accessoires

1. Expliquez pourquoi les accessoires suivants jouent un rôle important dans la pièce :

– le châle,

– la robe d'enfant,

– le bouquet.

2. Établissez la liste de tous les accessoires nécessaires à la représentation.

La mise en place des comédiens

1. Observez les croquis préparatoires de Patrice Chéreau (p. 135 et p. 145) : comment la position des comédiens permet-elle de représenter la dispute entre les deux époux ?

2. Imaginez la position des comédiens dans la scène 5.

Le jeu

1. Sur les deux photos de la mise en scène de Marion Carroz (p. 51 et p. 71), comparez les expressions de la comédienne qui interprète Eurydice : quels sentiments traduisent-elles ? Par quels moyens ?

2. Pour chaque personnage, imaginez une posture, une démarche, une gestuelle, une façon de parler. « Jouez » votre personnage devant la classe, sans dire le texte – vos camarades devront comprendre de qui il s'agit.

3. Repérez d'autres scènes où les sentiments des personnages évoluent. Proposez deux images arrêtées (posture, mimique), qui vous permettent de jouer le personnage au début, puis à la fin de la scène.

Comédie et scène de ménage (groupement de textes n° 1)

La mise en scène de la dispute d'un couple marié est un classique de la comédie. Nous vous invitons à découvrir deux célèbres « scènes de ménage », afin de les comparer à la variation qu'en offre *L'Intervention*. Antérieure de deux siècles à cette dernière, l'une d'elles est la scène d'exposition d'une farce très célèbre de Molière. L'autre, écrite une vingtaine d'années après la pièce de Victor Hugo, est extraite d'un vaudeville.

Molière, *Le Médecin malgré lui* (1666)

Acte premier, scène première

SGANARELLE, MARTINE,
paraissant sur le théâtre en se querellant

SGANARELLE. – Non, je te dis que je n'en veux rien faire, et que c'est à moi de parler et d'être le maître.

MARTINE. – Et je te dis, moi, que je veux que tu vives à ma fantaisie, et que je ne me suis point mariée avec toi pour souffrir tes fredaines[1].

SGANARELLE. – Ô la grande fatigue que d'avoir une femme ! et qu'Aristote[2] a bien raison, quand il dit qu'une femme est pire qu'un démon !

MARTINE. – Voyez un peu l'habile homme, avec son benêt[3] d'Aristote !

SGANARELLE. – Oui, habile homme : trouve-moi un faiseur de fagots qui sache, comme moi, raisonner des choses, qui ait servi six ans un fameux médecin, et qui ait su, dans son jeune âge, son rudiment[4] par cœur.

MARTINE. – Peste du fou fieffé !

SGANARELLE. – Peste de la carogne[5] !

MARTINE. – Que maudit soit l'heure et le jour où je m'avisai d'aller dire oui !

SGANARELLE. – Que maudit soit le bec cornu[6] de notaire qui me fit signer ma ruine !

MARTINE. – C'est bien à toi, vraiment, à te plaindre de cette affaire. Devrais-tu être un seul moment sans rendre grâce au Ciel de m'avoir pour ta femme ? Et méritais-tu d'épouser une personne comme moi ?

---

1. ***Souffrir tes fredaines*** : supporter tes caprices.
2. ***Aristote*** : philosophe grec (IVe siècle av. J.-C.).
3. ***Benêt*** : idiot.
4. ***Rudiment*** : manuel de grammaire latine pour les débutants.
5. ***Carogne*** : méchante femme.
6. ***Bec cornu*** : imbécile.

© Fonds Patrice Chéreau / Archives IMEC

■ Dessin de Patrice Chéreau pour la mise en scène de *L'Intervention* en 1964.

SGANARELLE. – Il est vrai que tu me fis trop d'honneur, et que j'eus lieu de me louer[1] la première nuit de nos noces ! Hé ! morbleu, ne me fais point parler là-dessus : je dirais de certaines choses…

MARTINE. – Quoi ? Que dirais-tu ?

SGANARELLE. – Baste[2], laissons-là ce chapitre. Il suffit que nous savons ce que nous savons, et que tu fus bien heureuse de me trouver.

MARTINE. – Qu'appelles-tu bien heureuse de te trouver ? Un homme qui me réduit à l'hôpital, un débauché, un traître, qui me mange tout ce que j'ai ?

SGANARELLE. – Tu as menti : j'en bois une partie.

MARTINE. – Qui me vend, pièce à pièce, tout ce qui est dans le logis[3].

SGANARELLE. – C'est vivre de ménage[4].

MARTINE. – Qui m'a ôté jusqu'au lit que j'avais.

SGANARELLE. – Tu t'en lèveras plus matin[5].

Martine. – Enfin qui ne laisse aucun meuble dans toute la maison.

SGANARELLE. – On en déménage plus aisément.

MARTINE. – Et qui, du matin jusqu'au soir, ne fait que jouer et que boire.

SGANARELLE. – C'est pour ne point m'ennuyer.

---

1. ***Me louer*** : me féliciter (d'avoir épousé Martine).
2. ***Baste*** : ça suffit !
3. ***Le logis*** : la maison.
4. ***Vivre de ménage*** : être économe, ou vivre de la vente de ses meubles.
5. ***Plus matin*** : plus tôt.

MARTINE. – Et que veux-tu, pendant ce temps, que je fasse de ma famille ?

SGANARELLE. – Tout ce qu'il te plaira.

MARTINE. – J'ai quatre petits-enfants sur les bras.

SGANARELLE. – Mets-les à terre.

MARTINE. – Qui me demandent tout à l'heure du pain.

SGANARELLE. – Donne-leur le fouet[1] : quand j'ai bien bu et bien mangé, je veux que tout le monde soit saoul[2] dans ma maison.

MARTINE. – Et tu prétends, ivrogne, que les choses aillent toujours de même ?

SGANARELLE. – Ma femme, allons tout doucement, s'il vous plaît.

MARTINE. – Que j'endure éternellement tes insolences et tes débauches ?

SGANARELLE. – Ne nous emportons point, ma femme.

MARTINE. – Et que je ne sache pas trouver le moyen de te ranger à ton devoir ?

SGANARELLE. – Ma femme, vous savez que je n'ai pas l'âme endurante[3], et que j'ai le bras assez bon.

MARTINE. – Je me moque de tes menaces.

SGANARELLE. – Ma petite femme, ma mie, votre peau vous démange, à votre ordinaire[4].

---

1. ***Donne-leur le fouet*** : punis-les à coups de fouet.
2. ***Saoul*** : ivre, ou satisfait (comme dans l'expression « tout son saoul »).
3. ***Je n'ai pas l'âme endurante*** : je ne suis pas patient.
4. ***À votre ordinaire*** : comme d'habitude.

MARTINE. – Je te montrerai bien que je ne te crains nullement.

SGANARELLE. – Ma chère moitié, vous avez envie de me dérober quelque chose.

MARTINE. – Crois-tu que je m'épouvante de tes paroles ?

SGANARELLE. – Doux objets de mes vœux, je vous frotterai les oreilles.

MARTINE. – Ivrogne que tu es !

SGANARELLE. – Je vous battrai.

MARTINE. – Sac à vin !

SGANARELLE. – Je vous rosserai.

MARTINE. – Infâme !

SGANARELLE. – Je vous étrillerai.

MARTINE. – Traître, insolent, trompeur, lâche, coquin, pendard, gueux, bélître, fripon, maraud, voleur… !

SGANARELLE. *(Il prend un bâton et lui en donne.)* – Ah ! vous en voulez donc ?

MARTINE. – Ah, ah, ah, ah !

SGANARELLE. – Voilà le vrai moyen de vous apaiser.

1. Que reproche Martine à Sganarelle ?
2. De quoi Sganarelle menace-t-il Martine ?
3. Comment faut-il comprendre les mots doux avec lesquels Sganarelle s'adresse à sa femme (« ma petite femme, ma mie », « ma chère moitié », « Doux objets de mes vœux ») ?

Georges Courteline, *Les Boulingrin* (1898)

Des Rillettes est venu rendre visite aux Boulingrin. Les deux époux ne cessent de se disputer.

Scène 7

DES RILLETTES, LES BOULINGRIN

[…]

MADAME BOULINGRIN, *à son mari.* – Dis donc, quand tu auras fini de gaver M. des Rillettes !… Est-ce que tu le prends pour une volaille ?

BOULINGRIN. – Et toi, le prends-tu pour une éponge ?

MADAME BOULINGRIN. – Saleté !

BOULINGRIN. – Gueuse !

MADAME BOULINGRIN. – Peste !

BOULINGRIN. – Choléra !… Et puis, tiens !

De sa main lancée avec violence, il envoie à madame Boulingrin le contenu de son assiette.

DES RILLETTES, *qui a tout reçu.* – Oh !

BOULINGRIN. – Pardon ! Simple inadvertance.

MADAME BOULINGRIN, *folle de rage.* – Goujat ! Ignoble personnage ! Tiens !

DES RILLETTES, *ruisselant d'eau rougie.* – Ah !

MADAME BOULINGRIN. – Excusez. C'est bien sans l'avoir fait exprès. Là-dessus, nous allons en finir. C'est toi qui l'auras voulu.

Elle tire de sa poche un revolver.

BOULINGRIN, *terrifié.* – À moi ! Au secours !

MADAME BOULINGRIN. – Tu vas mourir !

DES RILLETTES, *à Boulingrin qui s'est fait de lui un paravent.* – Ah non, eh !… Lâchez-moi ! Pas de blagues !

BOULINGRIN, *au comble de l'effroi.* – Ne bougez pas, bon sang de bonsoir !

MADAME BOULINGRIN, *ajustant.* – Ôtez-vous, monsieur des Rillettes !

BOULINGRIN. – Non ! Non !

MADAME BOULINGRIN. – Ôtez-vous de là ! Je tire.

BOULINGRIN. – Restez ! Je suis un homme perdu. Je la connais, elle est capable de tout ! Protégez-moi, monsieur des Rillettes ! C'est à ma vie qu'elle en a !... Ah ! la misérable ! la gueuse ! Au secours ! Au secours !

MADAME BOULINGRIN. – Ah ! C'est comme ça ? Vous ne voulez pas vous retirer ? Eh bien ! tant pis pour vous si vous y laissez votre peau ! Il faut que ça finisse ! Il faut que ça finisse ! La mesure est comble ! Gare l'obus !

DES RILLETTES. – Monsieur Boulingrin, par pitié !... Madame Boulingrin, je vous en prie !... je ne veux pas mourir encore !... Quelle sale inspiration j'ai eu de venir passer la soirée !...

Tumulte. Les trois personnages hurlent à l'unisson.

BOULINGRIN, *brusquement.* – Oh ! Quelle idée !... *(il souffle la lampe)*. Vise-moi donc, maintenant !...

Nuit complète sur la scène, de même que dans la salle,
et, du sein de ces ténèbres profondes,
surgissent, en hurlements, les phrases suivantes :

LA VOIX DE BOULINGRIN. – Ah ! Tu voulais m'assassiner ?... Pif !

Bruit d'une gifle.

LA VOIX DE DES RILLETTES. – Oh !

LA VOIX DE MADAME BOULINGRIN. – À mon tour... paf !

LA VOIX DE DES RILLETTES. – Ah !

Tumulte nocturne. On entend : « Canaille ! Crapule ! Poison ! Escroc ! » et le bruit de quatre nouvelles gifles, que l'infortuné des Rillettes reçoit, non sans protestation, les unes après les autres.

LA VOIX DE MADAME BOULINGRIN. – Et puis, feu !

Coup de pistolet.

LA VOIX DE DES RILLETTES, *éploré*. – Une balle dans le gras !!!

LA VOIX DE BOULINGRIN. – Ah ! Tu tires ? Eh bien, je casse la glace !

LA VOIX DE MADAME BOULINGRIN. – Ah, tu casses la glace ! Eh bien, je casse la pendule !

LA VOIX DE BOULINGRIN. – Ah, tu casses la pendule ? Eh bien, je casse tout.

Des meubles culbutés s'écroulent.

LA VOIX DE MADAME BOULINGRIN. – Ah, tu casses tout ? Eh bien je mets le feu !

Galopades, hurlements.

LA VOIX DE DES RILLETTES. – Faites donc attention, nom de Dieu ! Vous me marchez sur la figure !

LA VOIX DE BOULINGRIN. – Chamelle !

LA VOIX DE MADAME BOULINGRIN. – Enfant de coquine !

LA VOIX DE BOULINGRIN. – Fille de voleur !

LA VOIX DE MADAME BOULINGRIN. – Gredin !

[...]

1. Quels reproches les époux s'adressent-ils ?

2. Pourquoi des Rillettes regrette-t-il sa visite ?

3. Que se passe-t-il une fois que la pièce est plongée dans le noir ?

Comparer les deux textes

1. Quels sont les défauts des personnages qui sont mis en scène ?

2. Quelles modalités de phrases permettent aux dramaturges de faire sentir la vivacité des échanges ?

3. Quel est le registre de langue utilisé dans chacune des pièces ? Comment les deux époux s'adressent-ils l'un à l'autre ?

4. D'après les dialogues et les didascalies, quels sont les gestes des personnages ?

5. Les dialogues de comédie fonctionnent en suivant une mécanique bien précise. Identifiez la façon dont ils s'enchaînent, et repérez les répliques, échangées par les époux, qui ont une construction parallèle.

À vous de jouer !

En vous inspirant des deux textes précédents, imaginez une courte scène de dispute entre mari et femme. Elle aura lieu de nos jours, vous utiliserez les comiques de mots, de geste et de caractère, et offrirez des répliques ayant une construction parallèle. N'oubliez pas les didascalies !

Quand Victor Hugo dénonce la misère (groupement de textes n° 2)

Toute sa vie, Victor Hugo a dénoncé l'indifférence avec laquelle les pouvoirs de son temps abandonnaient le peuple à la misère. Pour cela, il a utilisé toutes les armes du langage :

homme politique, il a prononcé des discours enflammés (premier texte) ; écrivain, il a traité ce sujet aussi bien dans des poèmes (deuxième texte), dans des romans (troisième texte) que dans des pièces de théâtre (comme *L'Intervention*).

Discours à l'Assemblée constituante (9 juillet 1849)

À la suite de la révolution de 1848, l'Assemblée constituante a pour tâche de rédiger une nouvelle Constitution. Victor Hugo, qui y siège en tant que député, tient le discours suivant :

[...] La misère, messieurs, j'aborde ici le vif de la question, voulez-vous savoir où elle en est, la misère ? Voulez-vous savoir jusqu'où elle peut aller, jusqu'où elle va, je ne dis pas en Irlande, je ne dis pas au Moyen Âge, je dis en France, je dis à Paris, et au temps où nous vivons ? Voulez-vous des faits ?

Il y a dans Paris... Mon Dieu, je n'hésite pas à les citer, ces faits. Ils sont tristes, mais nécessaires à révéler ; et tenez, s'il faut dire toute ma pensée, je voudrais qu'il sortît de cette assemblée, et au besoin j'en ferai la proposition formelle, une grande et solennelle enquête sur la situation vraie des classes laborieuses et souffrantes en France. Je voudrais que tous les faits éclatassent au grand jour. Comment veut-on guérir le mal si l'on ne sonde pas les plaies ?

Voici donc ces faits.

Il y a dans Paris, dans ces faubourgs de Paris que le vent de l'émeute soulevait naguère si aisément, il y a des rues, des maisons, des cloaques, où des familles, des familles entières, vivent pêle-mêle, hommes, femmes, jeunes filles, enfants, n'ayant pour lits, n'ayant pour couvertures, j'ai presque dit pour vêtements, que des monceaux infects de chiffons en fermentation, ramassés dans la fange du coin des bornes, espèce de fumier des villes, où des créatures humaines s'enfouissent toutes vivantes pour échapper au froid de l'hiver.

Voilà un fait. En voici d'autres. Ces jours derniers, un homme, mon Dieu, un malheureux homme de lettres, car la misère n'épargne pas plus les professions libérales que les professions manuelles, un malheureux homme est mort de faim, mort de faim à la lettre, et l'on a constaté, après sa mort, qu'il n'avait pas mangé depuis six jours. Voulez-vous quelque chose de plus douloureux encore ? Le mois passé, pendant la recrudescence du choléra, on a trouvé une mère et ses quatre enfants qui cherchaient leur nourriture dans les débris immondes et pestilentiels des charniers de Montfaucon[1] !

Eh bien, messieurs, je dis que ce sont là des choses qui ne doivent pas être ; je dis que la société doit dépenser toute sa force, toute sa sollicitude, toute son intelligence, toute sa volonté, pour que de telles choses ne soient pas ! Je dis que de tels faits, dans un pays civilisé, engagent la conscience de la société tout entière ; que je m'en sens, moi qui parle, complice et solidaire, et que de tels faits ne sont pas seulement des torts envers l'homme, que ce sont des crimes envers Dieu ! [...]

1. Quel est l'objectif de Victor Hugo dans ce discours ?

2. Relevez les passages dans lesquels Victor Hugo précise qu'il appuie son argumentation sur « les faits » : comment expliquez-vous cette insistance ?

3. Relevez les formes de répétition présentes dans cet extrait : selon vous, pourquoi l'orateur a-t-il recours à ce procédé ?

1. ***Charniers de Montfaucon*** : Hugo fait allusion aux cadavres des pendus du gibet de Montfaucon, à Paris.

Les Châtiments (1853)

En 1851, sur l'invitation de l'économiste Jérôme Adolphe Blanqui qui souhaite lui donner à voir les conditions de vie réelles de la classe ouvrière, Victor Hugo se rend à Lille et visite les ateliers et les logements de quelques ouvriers de l'industrie textile. Deux ans plus tard, il témoigne de la misère qu'il a vue, et qu'il n'a pas oubliée, dans un poème publié dans le recueil *Les Châtiments.*

Livre III, IX

[...]
Un jour je descendis dans les caves de Lille
Je vis ce morne enfer.
Des fantômes sont là sous terre dans des chambres,
Blêmes, courbés, ployés ; le rachis[1] tord leurs membres
Dans son poignet de fer.

Sous ces voûtes on souffre, et l'air semble un toxique
L'aveugle en tâtonnant donne à boire au phtisique[2]
L'eau coule à longs ruisseaux ;
Presque enfant à vingt ans, déjà vieillard à trente,
Le vivant chaque jour sent la mort pénétrante
S'infiltrer dans ses os.

Jamais de feu ; la pluie inonde la lucarne[3] ;
L'œil en ces souterrains où le malheur s'acharne

---

1. ***Rachis*** : colonne vertébrale.
2. ***Phtisique*** : personne souffrant d'une tuberculose pulmonaire. La tuberculose est une maladie infectieuse très contagieuse qui se soignait mal à l'époque.
3. ***Lucarne*** : petite fenêtre.

Sur vous, ô travailleurs,
Près du rouet[1] qui tourne et du fil qu'on dévide,
Voit des larves errer dans la lueur livide
Du soupirail[2] en pleurs.

Misère ! l'homme songe en regardant la femme.
Le père, autour de lui sentant l'angoisse infâme
Étreindre[3] la vertu,
Voit sa fille rentrer sinistre sous la porte,
Et n'ose, l'œil fixé sur le pain qu'elle apporte,
Lui dire : « D'où viens-tu ? »

Là dort le désespoir sur son haillon sordide ;
Là, l'avril de la vie[4], ailleurs tiède et splendide,
Ressemble au sombre hiver ;
La vierge, rose au jour, dans l'ombre est violette ;
Là, rampent dans l'horreur la maigreur du squelette,
La nudité du ver ;

Là frissonnent, plus bas que les égouts des rues,
Familles de la vie et du jour disparues,
Des groupes grelottants ;
Là, quand j'entrai, farouche, aux méduses pareille,
Une petite fille à figure vieille
Me dit : « J'ai dix-huit ans ! »
[...]

1. ***Rouet*** : machine à filer.
2. ***Soupirail*** : ouverture qui sert à donner de l'air et un peu de lumière à une cave.
3. ***Étreindre*** : serrer.
4. ***L'avril de la vie*** : métaphore qui désigne la jeunesse.

1. Dans ce poème, quels éléments montrent que Victor Hugo relate une expérience personnelle ?

2. Relevez et expliquez les métaphores employées par le poète dans la première strophe.

3. Selon l'auteur, quels dangers courent les jeunes filles en proie à la misère ?

Les Misérables (1862)

Fantine est une jeune ouvrière. Séduite puis abandonnée par un aristocrate insouciant, elle doit trouver seule les moyens de vivre et de payer la pension de la petite fille qu'ils ont eue ensemble, Cosette, et qu'elle a dû confier à un couple d'aubergistes sans scrupules, les Thénardier. Tombée dans la misère, elle a vendu jusqu'à ses cheveux et ses dents.

[...]

Fantine jeta son miroir par la fenêtre. Depuis longtemps elle avait quitté sa cellule du second pour une mansarde fermée d'un loquet sous le toit ; un de ces galetas[1] dont le plafond fait angle avec le plancher et vous heurte à chaque instant la tête. Le pauvre ne peut aller au fond de sa chambre comme au fond de sa destinée qu'en se courbant de plus en plus. Elle n'avait plus de lit, il lui restait une loque qu'elle appelait sa couverture, un matelas à terre et une chaise dépaillée. Un petit rosier qu'elle avait s'était desséché dans un coin, oublié. Dans l'autre coin, il y avait un pot à beurre à mettre l'eau, qui gelait l'hiver, et où les différents niveaux de l'eau restaient longtemps marqués par des cercles de glace. Elle avait perdu la honte, elle perdit la coquetterie. Dernier signe. Elle sortait avec des bonnets sales. Soit faute de temps, soit indifférence, elle ne raccommodait plus son

1. ***Galetas*** : logement pauvre, sous les combles.

linge. À mesure que ses talons s'usaient, elle tirait ses bas dans ses souliers. Cela se voyait à de certains plis perpendiculaires. Elle rapiéçait[1] son corset[2], vieux et usé, avec des morceaux de calicot[3] qui se déchiraient au moindre mouvement. Les gens auxquels elle devait[4], lui faisaient des «scènes», et ne lui laissaient aucun repos. Elle passait des nuits à pleurer et à songer. Elle avait les yeux très brillants, et elle sentait une douleur fixe dans l'épaule vers le haut de l'omoplate gauche. Elle toussait beaucoup. Elle haïssait profondément le père Madeleine[5], et ne se plaignait pas. Elle cousait dix-sept heures par jour; mais un entrepreneur du travail des prisons qui faisait travailler des prisonnières au rabais[6], fit tout à coup baisser les prix, ce qui réduisit la journée des ouvrières libres à neuf sous. Dix-sept heures de travail, et neuf sous par jours! Ses créanciers[7] étaient plus impitoyables que jamais. Le fripier[8], qui avait repris presque tous les meubles, lui disait sans cesse : «Quand me paieras-tu, coquine?» Que voulait-on d'elle, bon Dieu! Elle se sentait traquée et il se développait en elle quelque chose de la bête farouche.»

[...]

---

1. ***Rapiéçait*** : cousait des pièces pour combler des trous.

2. ***Corset*** : large ceinture destinée à serrer le ventre et la taille des femmes.

3. ***Calicot*** : coton grossier.

4. ***Elle devait*** : elle devait de l'argent.

5. Le *père Madeleine* est le maire et principal industriel de la ville, qu'il a contribué à enrichir grâce à une ingénieuse invention. Fantine ignore qu'il s'agit en réalité d'un ancien forçat, Jean Valjean qui, comme elle, a connu la pauvreté et cherche à se racheter des fautes dont, poussé par la misère, il s'est rendu coupable.

6. ***Au rabais*** : au prix le plus bas.

7. ***Créanciers*** : personnes à qui l'on doit de l'argent.

8. ***Fripier*** : marchand spécialisé dans l'achat et la revente de vieux vêtements et de vieux meubles.

1. Quels détails permettent au romancier de montrer la misère dans laquelle est tombée Fantine ?

2. Quel événement participe à accentuer sa pauvreté ?

3. Relevez les phrases exclamatives : comment expliquez-vous le choix de cette modalité ?

4. Quelle image ce texte donne-t-il de Fantine ?

Comparer les textes

1. Quels sentiments ces trois textes provoquent-ils chez le lecteur ?

2. Quels liens pouvez-vous faire entre ces trois textes et la pièce *L'Intervention* ?

À vous de jouer !

Selon vous, quel genre littéraire est le plus efficace pour dénoncer une injustice ou mener un combat ? Rédigez un paragraphe argumenté pour répondre à cette question.

Création maquette intérieure :
Sarbacane Design.

Composition : In Folio.

Dépôt légal : janvier 2011
Numéro d'édition : L.01EHRN000270.N001
Imprimé en Espagne par Novoprint (Barcelone)